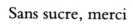

Sans sucre, merci

Marie-Aude Murail

Sans sucre, merci

Médium

11, rue de Sèvres, Paris 6ᵉ

*Pour qu'une chose devienne intéressante,
il suffit de la regarder longtemps.*

Gustave FLAUBERT

© 1992, l'école des loisirs, Paris
Composition : Sereg, Paris (Bembo 13/18)
Dépôt légal : mars 1992
Imprimé en France par Jean Lamour à Maxéville

Pour
Arlette LIÉBERT

LE CHIEN DU JARDINIER

— Non, mais tu t'es regardé? a crié ma mère en me poussant vers la glace de l'entrée. Regarde-toi avant de sortir!

— Mais j'ai déjà vu des films d'horreur, maman.

— C'est malin. Tu ne pourrais pas brosser ta parka?

— Et mon pantalon, je dois le peigner?

— Tu te négliges, Emilien, a grommelé ma mère. Depuis que Martine-Marie est en Angleterre...

J'ai fredonné: «Avec ton peignoir mal fermé et tes bigoudis, quelle allure!» et j'ai cherché mes clefs dans ma parka ou plutôt dans la doublure parce que mes poches sont trouées.

— Merde... Maman, où tu as mis mes clefs?

11

Maman a levé les mains en l'air :

— J'ai rien vu, j'ai rien fait et j'ai un alibi pour la nuit dernière.

J'ai ronchonné :

— C'est malin.

Maman a baissé les mains et les a posées bien à plat sur son ventre. Cinq mois de grossesse. Elle va éclater avant la fin. Les autres trouvent qu'elle n'est pas grosse ! Quand je pense que j'ai une mère fille-mère, ça me tue. Aucun mec normal n'est affublé d'une mère pareille. Elle est à vingt mille de découvert bancaire et elle parle de lancer une ligne de vêtements pour bébé. Elle veut l'appeler « T'as vu l'avion ? » Dans l'état où elle est, « T'as vu le ballon ? » serait plus approprié. De toute façon, elle plane, les mains sur son gros ventre. Comme dit mon pote Xavier Richard : « Ta mère est super mais elle est sûrement pas homologuée ».

— Tes clefs, a dit maman en me les jetant au nez.

— Où elles étaient ?

— Dans ton foutoir. Merci qui ?

Je me demande si nous ne faisons pas semblant, elle et moi. Style désinvolte branché. Elle sait bien que nous flirtons avec la débine. Ce n'est pas encore le quart-monde mais on nous a coupé le téléphone, la semaine dernière.

– C'est à cause de Martine-Marie que tu fais cette tronche ? m'a demandé Xavier, devant le Centre commercial.

– Non. J'ai l'habitude, maintenant.

Mes amours sont au loin. Nineteen Cleveland Street. J'écris toutes les semaines à Martine-Marie. Quand les deux bouts du tunnel se sont rejoints sous la Manche, j'ai cru que je lui donnais la main.

– Tu es trop romantique, mon vieux.

– Fais pas chier, Xavier. Je te dis que c'est autre chose.

Nous avons marché en silence, le long des vitrines.

– Je voudrais jeter un œil sur les discmans, dit soudain mon copain. J'en ai envie d'un. Pas toi ?

– Si. Et d'une Jaguar aussi.

– Ah tiens ? Tu préfères pas une Rolls ?

– C'est petit-bourge, les Rolls. Comme toi.

— Je suis un petit-bourge, moi ? s'est indigné
Xavier.

— Doublé d'une tête de veau.

Nous sommes entrés à Casino et, là, la stupé-
faction m'a cloué sur place.

— Qu'est-ce que tu as ? m'a demandé Xavier.
Qu'est-ce que tu regardes ?

Il a regardé dans la même direction que moi.

— C'est la layette ? Les grenouillères ? Tu
penses au bébé de ta mère ?

J'ai bégayé :

— Tu… tu as vu le prix des couches ?

— Les Pampers ou les Peau Douce ?

— 88 couches. 154 balles.

— Les Pampers garçon ?

— Xavier, 154 balles !

La nouvelle n'a pas paru le terrasser.

— Bon, quand tu auras fait ton choix, tu me
rejoins à la hi-fi.

Le soir, à la maison, j'ai pris ma calculette.
D'après mon expérience de baby-sitter, un bébé

normalement constitué use huit changes complets par 24 heures. Donc, 88 divisé par 8, il faut racheter des Pampers tous les 11 jours. Ça nous met le mois de couches à approximativement 154 multiplié par 3... 462. 462 francs uniquement pour...

– Qu'est-ce que tu fais, Emilien? m'a demandé maman.

– Hein ? Un devoir de maths.

C'est la ruine, les enfants. Quand je pense qu'on en veut quatre, Martine-Marie et moi. Ça fera 462 multiplié par 4... 1848 francs par mois. Une consolation : sauf quadruplés, ils ne mettront pas tous des couches Pampers en même temps. Mais quand même... Si un enfant porte des couches en moyenne pendant 18 mois, ça fait 1848 multiplié par 18... 33264. Nous dépenserons 33264 francs de couches-culottes, Martine-Marie et moi! Ça fait combien de discmans, ça?

– A quoi tu rêves? C'est Martine-Marie...

– Mais non, maman. J'ai l'habitude, maintenant.

L'habitude de vivre sans elle, sans son pas à côté du mien, sans sa main dans la mienne. Je me retourne même sur les autres dans la rue. «Au printemps, les jours rallongent, les jupes raccourcissent.» Dicton offert par Xavier Richard.

— Qu'est-ce que tu penses de cette robe, Emilien?

Maman l'a étalée sur la table devant moi.

— Elle ne va pas un peu te serrer sous les bras?

— Très spirituel. C'est du six mois.

— Tu as la commande d'un orphelinat?

— Le velours noir, c'est très seyant pour les bébés. Surtout avec un col blanc.

J'ai fait une grimace dubitative. Maman a repris la robe d'un geste nerveux.

— De toute façon, tu es le mauvais goût en personne. Martha Haller est sûre d'en vendre.

Martha Haller est une vieille copine de maman. Tous les deux ans, elle achète un pas-de-porte à Paris, elle met en vente les productions de maman, et au bout de deux ans, elle fait faillite.

— Tu devrais venir voir la boutique, a repris maman. C'est miniature, tout en rose et noir.

Brr. Rose et noir!

– Ça doit être chou, ai-je marmonné. Et c'est où?

– 74, rue de Turenne.

Maman a reposé la robe sur la table et est partie dans la cuisine. J'ai caressé le velours noir, tout doux, j'ai soufflé sur la collerette de Pierrot qui a ondulé. J'ai murmuré: «Justine». C'est *une* bébé que ma mère attend. J'ai soulevé la petite robe entre pouces et index et je l'ai fait danser à bout de bras, noire et moirée sous la lumière du plafonnier. Ma mère a éclaté de rire dans mon dos.

– Tu verras, m'a-t-elle dit, ce sera bien.

Elle est folle. Pas un mec n'y résiste. Mon père s'est barré*, Leroy** s'est barré, Stef*** s'est barré. Comme il ne reste que moi, je suis bon pour élever ma sœur. Pourquoi est-ce que je mens? La vérité est pire. C'est ma mère qui les a jetés, mon père, Leroy, et Stef il y a deux mois. Motif du renvoi: opinions fascisantes. Au sui-

---

*   Le trésor de mon père.
**   Le clocher d'Abgall.
***   Un séducteur-né.

vant! Mais elle nous garde, Arendal et moi. Je parle du chat. Arendal ne veut plus s'asseoir dans le giron de maman depuis qu'elle est enceinte. Il est aigri, ce chat, il n'aime pas les gosses. Ou il a peur qu'on lui pique son couffin. Il n'y en a pas pour le bébé.

Il n'y a pas non plus de berceau en fer forgé, pas de landau anglais, pas de parc avec un boulier, pas de pot à bec de canard, même pas de girafe qui fait pouet pouet. Rien.

Si... Une robe noire à col de Pierrot.

— On s'arrangera, dit maman, c'est si petit au début.

Elle me fait peur. Des fois, je me dis qu'elle ne connaît rien à la vie, que c'est moi, l'homme de la maison, des trucs à la con qui me réveillent la nuit. On n'a pas d'argent pour nous deux. Comment on va faire à trois?

— Mais elle va bientôt revenir, Martine, me souffle maman à l'oreille.

— Je te dis que ça m'est égal!

Elle ne voit pas que j'ai d'autres soucis en

tête? Elle n'a pas payé le loyer, le mois dernier. J'ai vu un rappel du proprio sur la tablette du téléphone. Du téléphone coupé. Ah, merde, j'arrête d'y penser.

— Je vais voir Xavier, maman.

— Encore?

J'ai dévalé les marches. Au deuxième étage, j'ai percuté notre vieille voisine, mademoiselle Sainfoin. Plus vieille qu'elle, tu meurs. Elle a un manteau en poil de chameau et un turban beige sur les cheveux dans le genre grand Mamamouchi. Spécial. Je l'ai rattrapée au moment où elle allait piquer une tête dans la cage d'escalier.

— Houps, mer... pardon.

— Vous devriez faire attention.

Avec ses lunettes de travers et son turban chaviré, elle avait l'air gentiment démâté.

— Mon livre! s'est-elle écriée.

— Il est là, dis-je en descendant deux marches pour le ramasser.

J'ai fait semblant de l'épousseter, et c'est là

que j'ai repéré l'étiquette sur la reliure : 319 CAR.

– Tiens ? C'est de la bibliothèque, remarquai-je.

C'était un bouquin crème et rose bonbon, sexy comme le rayon lingerie chez Damart. «Noces d'orage», promettait le titre.

– Je vais le changer, me dit mademoiselle Sainfoin.

J'ai senti que je devais faire un effort d'amabilité après l'avoir estourbie.

– Il était bien, votre livre ? ai-je demandé.

– Ouiii, a-t-elle hésité, j'avais mieux aimé «Les amoureux de Venise». Celui-ci était... Il y avait moins d'amour et plus de... de...

J'ai voulu l'aider :

– Plus de sexe ?

Ma voisine a rougi jusqu'au turban.

– Oh non. Je voulais dire plus d'historique. Ça se passe sous Louis XIV.

Nous avons marché ensemble, et mademoiselle Sainfoin s'est lancée dans le récit des «Amoureux de Venise».

– C'est une jeune orpheline et sa sœur, de

très bonne famille anglaise, qui sont élevées par un tuteur, quelqu'un de très bien, hautain, ironique et mordant. Mais un homme à femmes...

Un coup d'œil vers moi.

— Roulez, mademoiselle. Jusqu'à présent, je suis pas choqué.

— Ah? Très bien. Alors, les deux jeunes filles sont amoureuses de leur tuteur...

— Le drame se profile, murmurai-je.

— Mais il se trouve que, dans le manoir voisin, il y a un lord, quelqu'un de très, très bien, mais qui a une maîtresse.

Nouveau coup d'œil.

— D'école? ai-je demandé.

— Heu, non. Une maî...

Mademoiselle Sainfoin a éclaté d'un rire très gai, jeune et perlé. Puis elle a repris :

— ...Le lord doit se marier à cause de son vieux père qui veut un petit-fils. Mais il ne peut pas épouser sa maîtresse qui est déjà mariée. Alors, il pense à épouser une des orphelines. Plutôt, c'est sa maîtresse qui le lui suggère, parce que les orphelines sont faciles à gouverner.

21

– C'est salaud, ça, murmurai-je.

– Heu... oui. Alors, le lord... Il s'appelle Francis, je me souviens du prénom, parce que j'ai connu un Francis... Enfin, c'est loin... Alors, Francis va voir le tuteur et lui demande une des orphelines. N'importe laquelle.

– Pas gêné, le mec. Gardez-m'en une de la portée !

– Heu... oui. Mais il faut se remettre dans les mentalités de l'époque. Ça se passe au XIX^c.

– Ben, alors, c'est historique aussi.

– Moins. Le XIX^c, c'est moins historique que le XVII^c.

J'ai failli répondre : «surtout pour vous».

– Je suis désolée, monsieur Pardini, nous sommes déjà à la bibliothèque.

– Aïe, j'aurai pas la fin. J'espère que le lord, Francis, n'épouse pas une des orphelines ?

– Eh bien... si. Parce que Kathleen se dévoue pour sa sœur Mary qui pense mourir si elle n'épouse pas le tuteur. Alors, Kathleen se sacrifie en épousant le lord. Mais la maîtresse de Francis est jalouse de Kathleen et elle essaie de l'empoisonner. Mais c'est le lord qui boit le verre. Ce qui fait que Kathleen est veuve, et alors, elle vient habiter chez sa sœur qui a épousé leur tuteur mais qui est d'une santé fragile...

Pris de tournis, je me suis appuyé au mur de la bibliothèque. On étudie «Phèdre» au lycée, en ce moment. C'est beaucoup moins compliqué.

– Si ça vous intéresse, a poursuivi mademoiselle Sainfoin, cherchez à «Cartland». Barbara Cartland. «La fille aux yeux pers», c'est merveilleux. Et «Les oiseaux de passage», c'est tellement triste quand la comtesse meurt dans les bras de sa vieille mère...

Plus moyen de la débrancher. Elle est toute rose, fondue dans l'extase. C'est peut-être bien, ces machins. Je regarderai.

– Au revoir, mademoiselle!

Je suis allé chez Xavier. C'est sa mère qui m'a ouvert.

– Xavier travaille, m'a-t-elle dit, sur le ton de quelqu'un qui vous annonce une bonne nouvelle assez inattendue.

Je suis entré dans sa chambre. Il était le nez

dans «Phèdre» et péniblement, de la main droite, il prenait des notes. J'ai demandé :

— Tu prépares ton expo ?

Xavier doit nous résumer l'intrigue et présenter les personnages.

— C'est dingue, rugit-il. Ça n'en finit pas, cette histoire ! Elle meurt à la fin ?

— Non, elle se remarie.

Xavier ouvre de grands yeux. Ce serait trop beau qu'il gobe.

— Avec qui ?

— Avec Hippolyte.

Gobera, gobera pas ?

— J'aurais pas misé dessus, constate Xavier.

— C'était pourtant le bon cheval.

Xavier referme son bouquin et s'étire d'un air de paresse heureuse.

— Bon. Je vais pas me farcir la fin maintenant que je la connais.

Gobera. On va avoir un chouette exposé, demain.

— Tiens, écoute les NTM sur mon discman, m'a proposé Xavier. Ça te défonce la tête. C'est génial.

M'énerve, Xavier. Il a tout. Discman, console, ordinateur, le dernier modèle avec le plus de boutons. Je ne suis pas jaloux, mais des fois, j'ai envie de le passer par la fenêtre.

— J'aime pas les NTM, dis-je, ça me donne la migraine.

— C'est toi, le petit-bourge, finalement.

Madame Richard a toqué à la porte.

— Je voulais vous demander, Emilien... Comment va votre maman?

La curiosité lui fait des yeux luisants. Elle, ça fait vingt ans qu'elle récure ses casseroles à l'Ajax citron, comme à la télévision. Forcément, elle prend ma mère pour un phénomène de foire.

— Ça va, dis-je, les dents serrées.

— Et ce petit bébé, c'est pour bientôt?

J'ai envie de gueuler: «Et ta sœur?» Mais en l'occurrence, il s'agit de la mienne.

— Dans quatre mois.

— Avril, mai, juin, juillet. Ça nous fera un petit Cancer ou un petit Lion?

— Ça nous fera un petit tas d'emmerdements.

Xavier ricane :

– Tu n'as pas la fibre fraternelle très développée.

Je le regarde, décontenancé. J'aime ma sœur. Il ne le sait pas, ce con? Et ma mère est belle avec «cette» bébé qui lui bouffe le cœur et son sourire aux anges qui se fout du proprio, des P et T et des casseroles à récurer. L'envie de chialer me brûle les yeux. Pourquoi me comprend-on toujours de travers? Je suis parti presque en courant.

Au retour, je suis passé à la bibliothèque. Comment était-ce, ce nom? Cartright? Cartoon? Carting? Barbara en tout cas. Je vais me chercher «La fille aux yeux pers». Cartland! J'ai retrouvé : Barbara Cartland.

La bibliothécaire-chef montait la garde, au premier étage. Elle me connaît. Depuis que je lui ai demandé un livre sur la façon d'élever les bébés, elle me met de côté tous les ouvrages de pédiatrie.

– J'en ai un du Pr Testart, m'a-t-elle annoncé ce jour-là.

– Un nom tout indiqué pour parler des foetus, ai-je répondu.

Elle marque toujours un temps d'arrêt quand je blague puis elle se met à rire, presque à regret.

– Oui, bien sûr, c'est tout indiqué. Mais c'est un ouvrage très documenté.

Elle ne veut pas qu'on blague les livres.

Je suis allé dans la section «Romans» et j'ai cherché à «Cartland». Deux vieilles dames m'avaient devancé et écumaient le rayonnage. Mais je l'ai vu en premier ! Main basse sur «La fille aux yeux pers».

– J'étais là avant, me dit la dame du ton qu'elle prendrait au guichet SNCF.

– C'est ma vieille voisine qui me l'a demandé, commençai-je d'un ton suppliant. Elle est malade depuis quinze jours…

La dame hésite. L'autre dame la regarde, prête à prendre fait et cause pour moi. Je vais lui donner le coup de grâce. J'ajoute :

– Vous savez, depuis que son mari est mort, il y a *deux* mois, elle n'a plus que les livres pour la soutenir.

– Bon, eh bien, prenez-le.

La vie est une jungle.

– Merci, madame.

Et je suis un grand prédateur.

Une fois à la maison, j'ai plongé dans ma sacoche et ramené à la surface mon cahier de textes à l'agonie, tagué aux deux tiers, lacéré aux trois quarts. J'avais une disserte à faire. «A partir d'exemples tirés des "Fleurs du Mal", commentez cette phrase de Baudelaire : *Le beau est toujours bizarre.*» J'appuyai mon menton à mon poing, style Penseur de Rodin. (Ce mec-là devait avoir un prof de français aussi taré que le mien.) Je ne sais pas ce qui a pris à Baudelaire le jour où il a dit ça, ni qui il voulait emmerder en le disant; ce que je sais, c'est que dans ce genre, on peut sortir n'importe quoi.

Ce qu'ils me tannent, tous, avec leur culture! Machin a dit. Truc a pensé. Commentez. Je passe ma vie à commenter. Ho! J'existe aussi! Pendant des années, on m'a demandé de dégager les éléments comiques du «Médecin malgré lui» sans tenir compte du fait que ça ne me faisait pas

marrer. Puis on m'a demandé de dégager la
beauté de ces vers du poète :
Le vase où meurt cette verveine
D'un coup d'éventail fut fêlé.
Le coup dut l'effleurer à peine.
N'y touchez pas, il est brisé !
et quand j'ai répondu que ça dégageait surtout l'ennui, ou à la rigueur la verveine, on
m'a prié de garder pour moi mes remarques
humoristiques. J'ai toujours rigolé à contre-
temps. La culture, c'est de faire là où on vous
dit de faire.

Avec tout ça, je n'ai pas encore sorti trois
lignes pour ma disserte. «Bizarre, bizarre, vous
avez dit bizarre?» Pour ma voisine, le beau, c'est
une couverture bonbon et chantilly, renfermant
mille délices crémeuses. «Le beau est toujours
gnangnan.» Commentez cette phrase d'Emilien
Pardini en vous appuyant sur des exemples de
Barbara Cartland. Je vais déjà me documenter en
lisant «La fille aux yeux pers».

Une heure plus tard, je me documentais
encore. Au départ, je croyais qu'une fille aux

yeux pers est nécessairement une vicieuse qui regarde les hommes au-dessous de la ceinture. Mais l'héroïne s'obstinant à se comporter comme une godiche et défaillant sans cesse devant le sourire sarcastique du vicomte, j'ai dû réviser mon jugement et consulter le dictionnaire. Une personne qui a les yeux pers a simplement l'iris qui hésite entre le bleu et le vert. Si on ajoute à cela qu'Adeline a des cheveux d'un blond «où le feu couvait sous la cendre», des lèvres «qui dessinaient l'arc de Cupidon» et le corps d'une «Diane chasseresse», on comprendra que la pauvre gosse fasse des complexes.

Elle arrive donc avec ses yeux pers et ses gros sabots chez le vicomte Aldebert de la Motte-Piquet (ou quelque chose dans ce jus) pour devenir la demoiselle de compagnie de la vieille vicomtesse. La douairière est une gâteuse qui lui dit: «Mon enfant, ne soyez point si sotte...» sur un ton cassant toutes les deux pages, et le vicomte, hautain, ironique et mordant, persifle toutes les trois pages (il ne sait pas articuler, ce mec, il persifle sans arrêt): «Mon petit, si vous n'étiez point si sotte...»

Je ne raconte pas la fin parce que c'est tellement inattendu qu'on se demande si c'était bien la peine de lire les trois cents pages précédentes. Bref, c'est épatant. Je vais tâcher de me trouver «Les oiseaux de passage».

– Alors, cette disserte, m'a demandé maman en entrant, ça avance?

– Hou ! Putain de merde, je n'ai pas commencé!

– Emilien, mettre de la merde à toutes les sauces, je trouve ça extrêmement indigeste. Mais s'il y a une grossièreté que je supporte encore moins, c'est bien «putain». Alors, les deux ensemble...

– Si tu préfères, je peux remplacer «putain» par autre chose... Heu... Qu'est-ce que tu dirais de «papillote»? Hein, «papillote de merde», tu aimes?

– Tant que tu y.es, remplace «merde» par autre chose. Je ne sais pas, moi... «marsouin», ça te va?

– «Papillote de marsouin!» C'est super, maman.

– Allume donc le plafonnier, idiot. On n'y voit rien.

31

J'ai appuyé sur l'interrupteur et là, papillote de marsouin! Pas de lumière.

– Maman, les plombs ont sauté dans le salon!

Mais comme les plombs avaient aussi sauté dans les chambres, la salle de bains et la cuisine, il a fallu conclure à une panne de courant.

– Je vais demander à la voisine si elle a de la lumière.

– C'est inutile, Emilien. Ce n'est pas une panne de secteur. C'est une facture impayée.

Ça s'arrange. Plus de téléphone. Plus d'électricité.

– On va dîner aux chandelles pour fêter ça, a dit maman.

– Et on s'assoit sur nos surgelés pour les faire fondre?

Je suis fâché avec Xavier depuis ce matin. Il a fait son exposé. Martine-Marie m'a écrit – nineteen Cleveland Street – une lettre distraite qui commence par «Hi, darling!» et se termine par «See you soon». Elle pensait à autre chose... ou à quelqu'un d'autre. Ce soir, je fais ma disserte à la lueur funèbre des candélabres. J'enterre ma jeunesse. Le beau est toujours mortel.

– Tu parles tout seul, Emilien?

Maman me regarde. La bougie danse dans ses yeux.

– Tu es bizarre, en ce moment, me dit-elle.

– C'est signe que je deviens beau.

– Tu sais, Martha m'a prêté un réchaud à gaz.

– Ah bah, tant mieux. Les raviolis, c'est meilleur chaud.

– Tu avais remarqué aussi?

Toujours ce même ton désinvolte branché. Ça, au moins, ça marche sans prise. Je voudrais lui dire : «Maman, j'ai peur», mais j'ai peur de découvrir qu'elle a plus peur que moi. Alors je gribouille : «Goût de l'horreur chez Baudelaire, de la mort, de la pourriture. Qu'est-ce que le dandysme?» Tu parles si je m'en tamponne. Comment faire du pognon? Telle est la question.

– Il faut que je travaille.

Maman sursaute :

– C'est bien d'en être conscient à trois mois de l'examen...

– Non. C'est pas ça. Que je travaille pour gagner de l'argent.

– Ecoute, tu peux bien te passer d'argent de poche, en ce moment...

Elle ne veut pas comprendre. Nos regards se croisent. Elle a compris. La bougie vacille dans ses yeux. Pleure pas. J'ai répété ça dans ma tête. Pleure pas, maman.

– Martha a vendu la petite robe noire que tu n'aimais pas, dit-elle.

Je murmure :

– Tu en referas une pour Justine, hein?

Maman a posé la main sur son ventre. Le sourire aux anges nous a quittés. Elle fronce les sourcils.

– Qu'est-ce qu'elle a, la gamine? Elle rouspète déjà?

Maman ne me répond pas. Elle va s'allonger sur son lit.

Bizarre, bizarre. La vie se détraque. J'ai trouvé «Comme un vent d'ouragan» à la bibliothèque. Je sens qu'il se prépare un coup de Trafalgar. «Comme un vent d'ouragan» se passe en Loui-

siane avant la guerre de Sécession. C'est historique, comme dirait mademoiselle Sainfoin. Ce
que je me demande, c'est comment la vie pourrait être pire qu'en ce moment. Si je le savais, je
me préparerais. Mais je ne vois pas. Le ciel est
bas, les nuages courent au-dessus des champs de
coton. Tout le monde attend l'ouragan. Geor-
gina aime le beau Jack, mais Jack fait scandale en
vivant avec une métisse. Le beau Jack se moque
du beau monde. Il est hautain, ironique et mordant... Tiens, ça me rappelle quelqu'un. Le
vicomte de La Motte-Picquet peut-être ou le bel
Emilien? Emiliano Pardini, l'aventurier italien,
ténébreux et persifleur, pour lequel la vicomtesse
Martine-Marie d'Auclair sèche sur pied au fond
de son manoir anglais, nineteen Cleveland Street.
Je me raconte une autre histoire tout en tournant
les pages. Si j'avais des yeux bleus d'une ironie
glacée, des épaules d'athlète et une cravate de
fine batiste, je sens que ça m'aiderait. Il faut que
je me trouve «Les oiseaux de passage» et un bouquin sur l'économie domestique. Ça ne peut plus
durer, cette panade.

— Comment gérer son argent de poche, c'est ça ? m'a demandé la bibliothécaire-chef, l'air préoccupé.

— Non. Comment gérer le budget familial. Pour pas finir chez les Petits Frères des Pauvres. Vous voyez le topo ?

Elle est de plus en plus perplexe. Je sais qu'elle se pose un tas de questions à mon sujet depuis que je lui ai emprunté ce livre sur les bébés. Elle me croit peut-être père de famille nombreuse ? Et au chomedu, pour tout arranger.

— C'est que j'ai un exposé à faire pour notre prof d'économie domestique, inventai-je pour la tranquilliser.

— Vous avez des cours d'économie domestique ? s'est émerveillée la bibliothécaire-chef.

— Oui. En option. Avec madame Fessard-Dujardin.

Quand je commence à délirer, on ne peut plus m'arrêter.

— Ecoute, me dit la bibliothécaire-chef en essayant de réprimer un petit rire, regarde dans le fichier, à « budget »...

Le fou rire la gagne malgré elle. Elle sait que

ce n'est pas bien de se moquer de son prochain.
Allez, je vais la faire craquer. Je dis, d'un ton
innocent :

— C'est un drôle de nom, hein, Fessard-
Dujardin ?

Elle va craquer. Ça y est : le fou rire la secoue
de la tête aux pieds. Elle ruisselle de larmes. Elle
balbutie, en s'essuyant le rimmel :

— Ce n'est pas de sa faute, la pauvre femme.
On devrait pouvoir changer de nom, dans ces
cas-là.

Elle se mouche. Elle a honte. Je vais l'achever.

— C'est vrai que c'est une pauvre femme.
Monsieur Fessard, son mari, est alcoolique au
dernier degré.

— Oh, c'est triste, ça, hoquette la bibliothécaire-chef, à deux doigts de repiquer un fou rire.

Je soupire en secouant la tête. Tss, ce n'est
pas bien de se moquer de son prochain.

— Je vais regarder dans le fichier, dis-je en
m'éloignant.

Il y a des jours où je me demande si je suis
complètement normal.

Je suis reparti de la bibol avec deux super-bouquins pleins de superconseils pour faire des économies, comme de se meubler chez Emmaüs et de s'habiller à la Croix-Rouge, le tout assaisonné de citations à faire pleurer Jean Valjean: «Elle gardait tout, la peau du lait, le pain rassis pour faire des gâteaux, la cendre de bois pour la lessive, la chaleur du poêle éteint pour sécher les torchons, l'eau du débar-bouillage matinal pour se laver les mains dans la journée.» Je vois bien ma mère mettant de côté l'eau de cuisson des patates pour se laver les dents, le soir. A part ça, je n'ai pas trouvé «Les oiseaux de passage». Mais j'ai pris «Aller simple pour Cythère». Je l'ai feuilleté. Ça n'a pas l'air mal. C'est l'histoire d'une infirmière timide et fière, pendant la Première Guerre mondiale. Je sais déjà qui elle va épouser. C'est le chirurgien, parce qu'il est haudant, irotain et mornique (Il y a un problème?).

En lisant ce beau roman, j'ai découvert ce qu'il faut faire pour se sortir de la mouise. Suivez mon raisonnement: toutes les héroïnes de Bar-bara sont pauvres au premier chapitre et richissimes à la dernière ligne. Comment font-elles? Non, elles ne cotisent pas à la retraite des vieux. Non, elles n'avaient pas un plan d'épargne-logement. Elles se sont fait é-pou-ser! Simple mais il fallait y penser. Evidemment, avec ma mère, on part avec un léger handicap du fait qu'elle est vieille, moche et en cloque. Mais à cœur vaillant, rien d'impossible. Dans un premier temps, je vais me réconcilier avec Xavier Richard. Son père fréquente tout un tas d'hommes d'affaires. On pourrait essayer d'en sélectionner deux ou trois qui ne boivent pas plus de trois whiskies doubles à la suite. Mettons un ou deux pour être réaliste. Martine-Marie pourrait aussi me repérer quelques cadres quinquagénaires de chez Texaco, si possible pas les siphonnés qui font du trecking dans l'Himalaya ou du saut à l'élastique au-dessus des gorges du Verdon. Il faut que je me méfie: il y a des vieux qui sont très fatigants pour les jeunes. Je connais aussi un vétérinaire assez sympa et divorcé, le docteur Carrel. J'irais le voir avec Arendal pour lui demander des pilules.

— *Bonjour! Mais c'est Emilien! s'écria le docteur*
Carrel en apercevant le garçon dans la salle d'attente,
et comment va ton chat?

— *Ça va. Ma mère va moins bien.*

— *Oh, les femmes, ça se plaint tout le temps,*
répondit le docteur Carrel que son divorce avait aigri.
Ton chat a une mine superbe.

— *Ma mère a une mine de papier mâché. La vie est*
dure pour les femmes seules, marmonna Emilien.

— *Elle l'a bien cherché, tu sais! ricana le docteur.*
Et alors, ce chachat à son papa, qu'est-ce qu'il a?

— *Rien. Je viens lui prendre ses pilules.*

— *Ses pilules ? Mais c'est un mâle!*

Non, c'est pas le bon plan, le docteur Carrel.
C'est le genre «plus je connais les femmes, plus
j'aime mon chien». Peut-être que monsieur
Richard pourrait se séparer de sa femme pour
épouser ma mère?

— *Antoine, si vous divorcez, protesta Sylvie, je ne*
me le pardonnerai jamais.

Des deux mains, elle pressait un mouchoir de fine
batiste blanche dans un geste de supplication.

— Ce n'est pas de votre faute, mon amour, répon-
dit Antoine Richard avec passion. Je ne la supportais
plus, elle, ses casseroles et son Ajax citron!

— Vous préférez Mir douceur, murmura tendre-
ment Sylvie.

— Qu'est-ce que tu gribouilles? me demanda
ma mère. C'est ta disserte, au moins?

— Hein? Oui... le beau, le bizarre, tout ça...
Qu'est-ce qu'on mange, ce soir?

— Des raviolis.

— On ne peut pas manger autre chose que des
raviolis ?

— Le steak est trop cher.

— C'est steak *ou* raviolis?

— Oui.

— Tu ne peux pas imaginer autre chose?

— Non.

Monsieur Richard n'épousera jamais ma
mère. Personne n'épousera ma mère parce que
aucun être humain, en dehors de moi, ne peut
supporter de bouffer des raviolis six fois sur sept.

— Tu sais que Valentin expose rue de Turenne, tout à côté de la boutique? dit soudain
maman.

Tilt. Valentin Pardini, le frère de papa. En voilà un que j'avais oublié.

— Il était pas amoureux de toi, Valentin? demandai-je sur un ton dégagé.

— Je ne sais pas. Peut-être un peu.

C'était du temps où ma mère était squattée par Henri Leroy. Valentin n'a pas insisté.

— Je ne vous l'ai jamais dit, Sylvie, murmura Valentin, mais je vous ai aimée dès notre première rencontre.

Sylvie posa timidement ses yeux pers sur le vicomte.

Etait-il possible que d'aussi douces paroles tombassent de ces lèvres railleuses?

— Hélas, reprit-il d'une voix amère, vous apparteniez alors à cet infâme Henri Leroy!

— Je n'ai jamais appartenu à qui que ce soit, répliqua maman, et celui qui prétendrait le contraire serait un sombre crétin.

Ma mère est trop MLF pour les romans de Barbara Cartland. Mais Valentin, ce n'est peut-être pas le mauvais filon. Il est peintre. Il y a des peintres qui font des fortunes énormes, comme Salvador Dali grâce aux chocolats Lanvin.

– Tu sais si Valentin habite toujours à Marne-la-Vallée ?

– Oui. Il est au même endroit. J'ai demandé à la galerie.

Ah, tiens ? Elle s'est renseignée… Je ferme les yeux pour rassembler mes souvenirs. Valentin Pardini : un type pas très grand, nerveux, pâle.

– Si tu allais te coucher, Emilien ? Tu dors debout.

Si je vais voir Valentin, il ne faut pas qu'il flaire le guet-apens. Je prendrai le ton «ouais, ouais, ça boume, les affaires marchent».

– Qu'est-ce que tu fais ? s'est exclamée maman. Tu brosses ta parka à minuit passé ?

– Je dois faire bonne impression.

– Sur qui ?

– Sur monsieur Fessard. C'est le conseiller d'orientation. Je le vois demain.

– Qui ça ?

– Fessard. C'est la fable du lycée. Il est alcoolique au dernier degré.

J'ai admiré la fourrure de mon col, une fois

brossée. Tenue à bout de bras, ma parka fait penser à un corniaud réchappé de la noyade. Elle en a même l'odeur.

— Tu as changé la litière du chat? a demandé maman, en plissant le nez.

Bon. J'emprunterai une veste à Xavier.

Le lendemain, le prof de français m'a demandé si je comptais rendre ma dissertation, oui ou non.

J'ai répondu:

— Dès que j'aurai décidé si c'est le beau qui est bizarre ou si c'est le bizarre qui est beau.

Au début de l'année, les autres rigolaient quand je lançais une vanne. Maintenant qu'on se rapproche de l'examen, c'est tronches de cake et compagnie. Xavier m'a fait un clin d'œil. Il n'est plus fâché. Je suis rentré avec lui.

— Un costard? C'est ce que tu veux? s'est-il étonné en m'ouvrant ses placards. Mais elle est comment, ta drôlesse?

J'avais raconté à Xavier que je draguais la fille de mes voisins.

— Elle est très bien, répondis-je, elle s'appelle

Véronique. Véronique Sainfoin. Aboule la chemise blanche.

— C'est une Kenzo, me fit remarquer Xavier.

— Et passe la cravate bleue.

— C'est une Cardin.

— On s'en fout.

Je m'habillai pudiquement derrière la porte
du placard.

— Bon, voyons un peu le désastre, marmonnai-je en allant consulter une glace.

Je ne fus pas déçu. Dans le genre enterrement
de première classe.

— Tu n'as rien de plus décontracté ? Le style
sport. Tiens, file-moi la chemisette.

— Lacoste ?

— Et les lunettes de soleil...

— Les Ray Ban ?

— Le jean blanc, maintenant.

— C'est un Creeks.

— Je t'ai pas dit qu'on s'en foutait ? Bon,
voyons ça. Pas mal. Même en gonflant les pecto-
raux, j'ai l'air d'un réchappé de sanatorium.

Xavier se tordait de rire.

— Essaie la chemise mauve, m'a-t-il conseillé,

non, mais je te jure… Avec un Levi's, c'est super-sexy. Et de la gomina dans les cheveux, non?

J'ai jeté un dernier coup d'œil dans la glace. Tragique, le mauve. Ça fait ressortir la nuance délicatement verdâtre de mon teint. J'ai remis ma parka. Xavier a grimacé:

– Ce qui est vraiment gênant, c'est cette odeur de chien mouillé. Attends! J'ai un truc, au pin des Landes. C'est pour les chiottes.

On en a aspergé ma parka.

– Mieux, a dit Xavier.

Conclusion, je vais aller voir Valentin avec ma parka qui pue le chien des Landes.

En attendant, j'ai reporté «Aller simple pour Cythère» à la bibliothèque. Je sais que c'est tarte, ces bouquins, mais dès que j'en ai fini un, il m'en faut un autre. Ce jour-là, le rayon Cartland avait été dévasté. Je suis reparti, les mains vides et très déprimé. Plus moyen d'y couper. J'allais devoir répondre à la cruciale question: papillote de marsouin, le beau est-il bizarre ou non? A moins que mademoiselle Sainfoin ne me prête «Les oiseaux de passage»?

Je suis descendu au deuxième étage et mademoiselle Sainfoin m'a ouvert. J'ai une révélation à faire. Dans l'intimité, le turban beige mamamouchi est supplanté par un chou vert d'allure coriace.

— Monsieur Pardini? C'est gentil mais il me reste des bouteilles d'Evian. Toutes les deux semaines, je lui monte son carton d'Evian.

— C'est pas pour ça, mademoiselle. Je voulais savoir si vous aviez «Les oiseaux de passage»?

— Je crois bien, oui. Entrez. Ne faites pas attention au désordre.

D'habitude, quand mademoiselle Sainfoin me dit ça, cela signifie qu'il y a un livre ouvert sur le fauteuil et la liste des commissions sur la table. Mais cette fois, j'ai failli me rétamer dès l'entrée sur une petite voiture.

— Mon petit-neveu et ma petite-nièce sont là, m'avertit ma vieille voisine sur un ton de consternation.

En effet, au milieu d'un chantier innommable, une petite fille et un petit garçon patouillaient dans leur goûter, écrasant des boudoirs dans un petit-suisse, et mélangeant de la grenadine avec du Coca-Cola.

— Encore un peu de caca, madame Pipi? demandait le petit-neveu.

— Oui, monsieur Cucu, répondait la petite-nièce, avec de la crotte en merde boudin.

Mademoiselle Sainfoin me jeta un regard navré:

— Leurs parents les élèvent comme ça. Il paraît qu'il ne faut rien leur dire.

Elle se tourna vers le petit garçon:

— Dis-moi, Ariel, quand est-ce que vos parents viennent vous rechercher?

— A sept heures sept, madame Pète Pète.

— A sept heures et quart, madame Pétard, rajouta Mélodie.

Le gros chou vert prit un air de franche mélancolie.

— Je ne comprends rien à l'éducation moderne, murmura ma vieille voisine.

— C'est la phase caca boudin, dis-je, le ton expert.

— T'es quoi, toi? me demanda Ariel.

— C'est madame Quéquette, répondit sa sœur à ma place.

Et en chœur :

– Bonjour, madame Quéquette!

Mademoiselle Sainfoin en joignit les mains de douleur. Elle devait avoir le sentiment de nourrir deux futurs repris de justice.

– Je vais voir dans ma chambre si je vous trouve «Les oiseaux de passage»... C'est si joli quand la comtesse meurt...

Elle s'éloigna, le chou fané penchant terriblement sur le côté. Durant son absence, monsieur Cucu tenta une expérience encore inédite en délayant de la confiture de fraises dans le Coca-Cola, tandis que madame Pipi testait le pain d'épices au sirop de grenadine.

– Je suis désolée, me dit mademoiselle Sainfoin, j'ai dû prêter «Les oiseaux». Mais j'ai «Les fruits de la passion» et «Un cœur sauvage».

– Moi, j'ai «Pisse crotte chiotte», claironna Ariel.

– Et moi, j'ai «Caca boudin merde», compléta Mélodie.

– Vous avez l'heure? me demanda ma voisine, totalement désespérée.

– Cinq heures et demie, madame Pipi, dis-je malgré moi.

Je crois que j'ai beaucoup déçu mademoiselle Sainfoin, mais elle m'a quand même prêté «Les fruits de la passion». Ça se passe à la Martinique, après l'abolition de l'esclavage. Le héros Apollon de Kervalec est un riche planteur haunique, irodant et mortain qui a un ennemi juré dans la personne de son voisin. Ce voisin a une fille... C'est bien, parce que dès le début on sait la fin; ça fait qu'on ne lit plus. On rêve.

Et on se dit que la vie aurait été meilleure si on s'était appelé Apollon.

Dès le lendemain après-midi, j'ai décidé de téléphoner à Valentin pour m'inviter chez lui à dîner. D'un geste naturel, j'ai décroché le téléphone pour ensuite le raccrocher d'un geste rageur. Depuis une semaine, je passais mon temps à tourner les interrupteurs sans succès, à pousser le bouton de la télé sans effet, à prendre des douches chaudes qui s'avéraient froides. C'est fou ce qu'on a du mal à retourner à l'homme de Cro-Magnon. Comme je me faisais ces réflexions, trois coups brutaux furent frappés à la porte.

— Macassard, huissier de justice.

— Pardon?

— Macassard, huissier de justice. Je souhaite-
rais parler à...

L'homme baissa les yeux sur un papier :

— A Madame Pardini Sylvie, domiciliée 35,
rue du Mont-d'Or à Montigny-le-Bretonneux.
C'est bien ici?

— Hein? Oui... Mais maman, ma mère n'est
pas là.

— Ce n'est pas grave. Je dois simplement visi-
ter l'appartement et prendre note de tous les
objets de valeur.

— Pour... pour quoi faire? bégayai-je.

— En paiement des...

L'homme baissa encore les yeux sur son
papier :

— Des 18 532 francs 50 que doit madame Pardini pour ses arriérés de TVA et dont elle doit
répondre sur ses biens propres. A moins qu'elle
ne paye, bien entendu...

J'avalai ma salive :

— J'ai déjà les 50 centimes, si ça peut aider.

Pas une ombre de sourire ne passa sur les
lèvres de Macassard, huissier de justice. On

51

aurait dit le shérif de Nottingham dans «Robin des Bois».

— Vous permettez?

Il me repoussa pour entrer. Du pas du conquérant, il pénétra dans le salon. Là, il ajusta ses lunettes, dévissa le capuchon de son gros stylo-plume et commença son inspection.

— Téléviseur...

Il se pencha :

— Philips et magnétoscope Toshiba.

Il passa ensuite au canapé vert d'eau, nota deux fauteuils en rotin, épargna la table et quatre chaises, resta méditatif devant une marionnette sur le mur, méprisa le plafonnier mais se jeta sur les deux vases en cristal de Bohême. Je le regardais faire, hébété. Puis il tourna la clenche de ...

— C'est ma chambre! hurlai-je.

Mais il était déjà entré. Il jeta un coup d'œil négligent autour de lui et soupira. Rien à signaler. Alors, je compris ce qu'il allait faire. Je courus me mettre devant la porte de l'autre chambre, les bras écartés.

— On ne passe pas.

— Et pourquoi?

— C'est la chambre de ma mère.

— Et alors?

— Et alors, on ne passe pas!

Macassard était devant moi, massif et menaçant. Mais non, il ne passerait pas. Ma mère, on ne touche pas.

— Vous savez que j'ai le droit de revenir avec le commissaire de police et un serrurier? me signala Macassard.

— Tu peux revenir avec qui tu veux.

Le tutoiement fit passer un éclair de colère dans ses yeux.

— Je fais mon travail, dit-il seulement.

— Et moi, mon devoir.

Wah! Où est-ce que je vais trouver tout ça? Il en reste coi.

— Vous êtes encore à l'école? me demande-t-il enfin.

— Oui.

— Vous ne songez pas à travailler pour aider votre mère?

— J'y songe.

On se mesure du regard.

— C'est bien, marmonne-t-il.

Et il quitte le terrain. Victoire, victoire ! Il est possible qu'après son départ je me sois jeté sur le lit de ma mère et que j'aie pleuré. Disons que ce n'est pas certain, mais que c'est envisageable. Quoi qu'il en soit, après, j'allais mieux et c'était décidé. Ma mère ne saurait rien. J'irais voir Valentin et je ne lui servirais pas l'air de «tout va bien, les affaires marchent». Bien au contraire, je lui dresserais le tableau le plus noir possible de la situation et je lui ferais cracher deux bâtons.

Du coup, j'ai resali le col de ma parka en marchant dessus et je me suis privé de mon quatre-heures pour faire mal nourri. J'ai laissé un petit mot à ma mère : *Je dîne chez les Richard. Retour vers 22 heures,* et je suis parti direction Marne-la-Vallée. Valentin, à nous deux !

Dans le RER, j'ai cherché comment être pathétique sans sombrer dans le ridicule. J'ai récapitulé : plus de téléphone, plus d'électricité, les arriérés de loyer, ma mère enceinte de six mois, la dette de deux briques, Macassard huisde justice. C'est pas mal, déjà. Inutile d'ajouter Martine-Marie à Cleveland Street et mon devoir de français à rendre pour avant-hier.

— *Bonjour, Valentin... Tu te souviens de...*
— *Eh, c'est Emilien! Mais dis donc, ça fait un bail. Entre. Comment vas-tu ?*
— *Bien. Enfin, disons, assez bien. Enfin, plutôt mal...*
Ou alors, je me lance tout de suite :
— *Bonjour, Valentin. Oui, ça fait un moment qu'on ne t'a pas donné de nouvelles. Mais c'est qu'elles étaient mauvaises...*
Marsouin! Marne-la-Vallée, déjà! J'ai mal au cœur, j'ai mal au ventre. Je n'ai jamais tendu la main dans la rue. Valentin n'est pas un étranger, bien sûr. C'était même mon copain. Mais je l'ai oublié. C'est comme ça, la vie. Enfin, c'est ce qu'on dit pour se justifier. Lui retomber dessus pour lui tirer du fric, ça manque d'élégance.

Au pied de l'immeuble, j'ai failli faire demi-tour. Puis j'ai revu en pensée l'huissier Macassard devant la chambre de ma mère. Il entrerait, il fouillerait les placards, il mettrait ses sales pattes sur les bijoux de maman, ses flacons, ses robes et ses foulards. Jamais. JAMAIS.

— Tiens? Un revenant…

Je le regarde. C'est plutôt lui, le revenant, tout pâle en jean et polo noirs.

— Tu es muet? Ça ne va pas?

D'une voix enrouée, j'articule :

— T'as mis le doigt dessus.

Je suis entré. Rien n'a changé. Un grand salon clair, peu de meubles. L'atelier est par-derrière.

— Valentin…

Un mot de plus et je vais pleurer. Je me tais.

— Oui?

— Valentin, je…

Je n'y arriverai pas. Un autre jour. La semaine prochaine, peut-être ? Il n'est pas très grand, Valentin. Il est tout mince. Il fait trop jeune. On a l'impression qu'il n'a pas fini sa croissance. Je revois Macassard, énorme comme une armoire de campagne.

— Je peux savoir ? me demande doucement
Valentin.

Tant pis, je m'informe :

— Tu es devenu riche et célèbre ?

— Mon horoscope prévoit ça pour la fin de
l'année, me répond-il.

Je souris, soulagé. Dès qu'on blague, je suis
en pays de connaissance.

— Valentin...

— Oui ?

— Je suis dégoûté de la vie.

— Tu veux un thé ?

Dans la cuisine, j'ai tout raconté pendant que
Valentin cherchait le sucre, les tasses, le lait. Il
savait que ma mère était enceinte.

— De ce type... Comment s'appelait-il ?
Leduc ? Non, Leroy...

— Ah non, mon vieux, tu as raté un épisode.
Leroy a été viré. Le père de ma sœur s'appelle
Stef. Mais il a été viré aussi.

Valentin a fait une grimace :

— Changeante, ta mère.

— Pénible, tu veux dire.

— Toujours aussi blonde ?

Je n'ai pas bronché. Je me demande vraiment ce que les mecs trouvent à ma mère.

– Alors, blonde?

– Non. Rousse avec une frange verte.

– Toujours le chien du jardinier, Emilien...

– Quoi? aboyai-je.

– Le chien du jardinier ne mange pas les légumes du jardin. Mais il défend à quiconque d'en manger.

Il donne dans l'hermétisme, mon oncle.

Nous sommes retournés au salon. J'ai demandé à Valentin :

– Tu prends combien de sucres dans ton thé?

– Hein? Sans sucre, merci.

J'en ai mis trois dans le mien. On ne sait pas de quoi demain sera fait.

– Tu restes dîner? m'a demandé Valentin.

J'ai de quoi faire des vol-au-vent aux morilles.

– C'est quoi? Un surgelé basses calories?

Valentin m'a jeté un regard ahuri :

– C'est ce que j'ai cuisiné hier soir pour des amis.

J'ai accepté l'invitation, pas tant pour couper aux raviolis maternels que parce qu'il fallait que j'obtienne mes 20 000 francs. Mon oncle ne me les avait pas spontanément proposés.

Après le thé, il se mit à cloper tranquillement en me racontant qu'il avait déjà eu quatre visites d'huissier dans sa vie et qu'il fallait dé-dra-ma-ti-ser.

– Macassard n'entrera pas dans la chambre de ma mère, dis-je, le ton buté.

– Si j'ai bien compris, observa Valentin, ceux qui y entrent en ressortent vite fait.

Je le regardai rageusement :

– C'est con ce que tu viens de dire.

Valentin marmonna quelque chose concernant mon heureux caractère et il s'en tint là. Les vol-au-vent aux morilles nous réconcilièrent.

– Je te sers un petit Bourgueil, ou tu préfères le Coca basses calories ?

– Non, non, envoie, dis-je, la voix mâle.

C'était une bouteille qui lui avait été offerte par des amis, de passage chez lui toute la semaine précédente. Quant au dessert, un sabayon au Marsala, Valentin l'avait préparé en prévision d'un dîner d'amis qui avait été annulé. Je commençais à mieux comprendre la raison des quatre visites d'huissier. Comme aurait dit ma grand-mère, Valentin était un vrai panier percé. Les 20 000 francs, il ne les avait pas.

En fin de soirée, mon oncle, un peu ivre, était en veine de confidences. Il se mit à discourir sur ma mère. Ça ne me plaisait qu'à moitié.

— Vois-tu, Sylvie est à la fois brusque et irréelle. Elle apparaît, elle disparaît. Elle est la reine d'un royaume dont elle est le seul sujet.

— T'es carrément chiant, Valentin, balbutiai-je, à demi noyé dans le Bourgueil.

— Ta mère, elle est faite pour donner des chagrins d'amour, reprit Valentin complètement brumeux. Elle a considérablement augmenté mon taux de spleen dans le sang. C'est depuis que je clope comme un malade.

— Tu es fêlé, Valentin.

— Juste.

Alors, il se mit à déclamer pompeusement :

« *Le vase où meurt cette verveine, d'un coup d'éventail fut fêlé...* »

A deux voix, nous conclûmes :

« *Le coup dut l'effleurer à peine. N'y touchez pas, il est brisé.* »

– C'est beau, la culture, murmura Valentin. Une clope ?

Ce soir-là, j'ai fumé ma première cigarette. Puis j'ai tout dégueulé dans les chiottes de Valentin, le vol-au-vent, le sabayon, le Bourgueil, l'huissier de justice et le thé.

– C'est le thé, diagnostiqua Valentin. Il fallait le boire sans sucre. L'amertume, c'est ce qui donne du goût à la vie.

Il se mit à chanter : « *Il reste de cette mésaventure un peu de sel dans le thé, des ecchymoses, des courbatures, une envie de pleurer, une envie de pleurer...* »*

Mon oncle n'est pas le vicomte Apollon de La Motte-Picquet. Il est de cette race spéciale des j'm'en-foutistes qui s'obtient par saturation de désespoir.

– Tu reviens me voir quand tu veux, Emilien. N'oublie pas : c'est quand tout va mal que tout va bien.

Je ne sais pas ce que vaut cette philosophie.

* Isabelle Mayereau.

61

Quand je suis arrivé chez moi, titubant et le cœur entre les dents, je n'étais plus dégoûté de la vie.

J'ai mis ma mère au courant pour l'huissier de justice. Ce n'est pas la peine que je me raconte des histoires. Je ne suis pas l'homme de la maison. D'ailleurs, ma mère n'a pas eu l'air catastrophé.

— Le salaud, a-t-elle dit, il aurait pu attendre que je sois là.

Je n'ai pas ajouté que je me serais fait tuer pour que Macassard, huissier de justice, n'entre pas dans le royaume dont elle est le seul sujet. Elle n'aurait peut-être pas compris.

— Au fait, où étais-tu, hier soir? m'a-t-elle demandé.

— Chez les Richard.

— Non. Xavier t'a appelé vers 20 heures, et il ne t'attendait pas pour le dîner.

— Alors, c'est que j'étais ailleurs.

— Chez monsieur Fessard? a susurré maman. Le conseiller d'éducation pour lequel tu brosses ta parka... Ce ne serait pas une conseillère plutôt?

Comme quoi on peut aimer quelqu'un et n'y comprendre rien. On est trop différents, maman et moi.

— Je comprends maintenant, dit maman, pourquoi Martine-Marie ne te manque pas.

— Non, dis-je, tu ne comprends pas.

Le lundi, ma mère a renoncé à aller bosser à Paris, dans l'atelier de Martha Haller. Elle avait trop de contractions. Je ne sais pas ce que ça veut dire exactement. Il faudrait que j'emprunte un livre sur la grossesse, mais la bibliothécaire-chef ne croira jamais qu'on a des cours d'accouchement sans douleur au bahut, en alternance avec les cours d'économie domestique.

— J'ai fait un modèle de sac à dos pour les petits, m'a dit maman. Je voudrais que Zohra en fabrique une dizaine comme ça. Tu pourrais le porter à Martha à l'atelier?

J'ai un peu tiré la tronche. Entre Martha et moi, l'antipathie est réciproque, totale et irréversible. Dès que je pose le pied dans son atelier, je me fais engueuler. Martha déteste tout ce qui, de près ou de loin, ressemble à un zizi, à l'exception des cigares qu'elle fume comme un sapeur-pompier et qui lui encrassent tellement les bronches qu'elle en a la voix rugueuse.

— Pourquoi tu es là, toi? m'a-t-elle chaleureusement accueilli.

Derrière elle, travaillait Zohra, une travailleuse clandestine qu'elle paie trois clous.

— Ta mère n'a pas pu venir?

— Elle est couchée.

— Quelle idée d'être enceinte, a maugréé Martha. Encore heureux qu'elle attende une fille. Qu'est-ce que c'est?

— Le sac à dos prototype.

Zohra a quitté des yeux sa machine à coudre pour les lever sur moi. Puis elle les a fermés pour mieux voir derrière ses paupières des visages d'enfants qui ont faim. Les siens. Elle en a quatre au Mali.

— Bon, eh bien, tu prends racine? a pesté Martha.

Et d'après elle, c'est *moi* qui suis mal élevé.

— Dis à ta mère que je passerai la voir.

J'ai haussé les épaules et je suis parti. J'ai marché dans Paris, du Sentier jusqu'à la rue de Turenne. Il m'a semblé que je n'avais jamais vu autant de clochards, de paumés, de bancals et de pigeons estropiés. Rue de Turenne, la boutique était fermée.

— Lundi, marmonnai-je.

Je ne sais plus trop les jours, les heures. Normalement, j'aurais dû être au collège, en cours d'anglais. J'ai fait quelques pas et je suis tombé sur la galerie où expose Valentin. Je suis entré. Deux mémères discutaient avec la propriétaire de la galerie. Elles aimaient «la bleue», mais elles pensaient que «la rouge» irait mieux avec le papier peint de leur salon. Elles parlaient des toiles de mon oncle. C'est beau ce que peint Valentin. On en prend plein la gueule de couleurs. Mais je suis resté en arrêt devant une toile grise où s'épanouissait une fleur d'encre noire. Spleen, c'était le titre de la toile. Je suis reparti avec cette fleur entre les yeux, et la tache allait toujours s'élargissant. C'est quand tout va mal que tout va bien, disaient les roues du RER, c'est quand tout va mal que tout va bien. Quand je suis arrivé à Montigny, j'avais tout misé sur le noir. Je n'ai donc pas été trop étonné de trouver sur la table du salon une lettre de ma mère presque illisible : *Je suis à la maternité Léonard-de-Vinci. J'avais trop de contractions. Tu peux venir me voir demain matin. Il reste des raviolis.*

J'ai couru jusqu'à la bibliothèque. Un livre, vite ! Je veux savoir. Devant la bibliothèque, j'ai pilé.

— Ah, marsouin, lundi !

C'est fermé. Soudain, la porte s'est ouverte et la bibliothécaire-chef s'est faufilée comme une souris qui aurait rendu visite à ses bouquins préférés.

— Madame ?

Elle a sursauté.

— Vous n'avez pas un livre sur la grossesse ?

J'ai cru qu'elle allait paniquer.

— Non. Je ne suis pas timbré. C'est ma mère…

La bibliothécaire-chef m'a écouté puis elle m'a répondu comme un livre ouvert :

— Les contractions, c'est ce qui déclenche l'accouchement. Ta mère risque d'accoucher prématurément.

— Mais pourquoi? On n'est pas tellement pressés...

— Ta mère s'est sans doute trop fatiguée... Mais non, il n'y a pas de quoi pleurer. Tiens, viens prendre un thé.

Décidément, ce doit être un remède universel. Je suis allé prendre le thé chez la bibliothécaire-chef qui m'a sorti de ses rayonnages un livre sur la grossesse.

— Tu vois, a-t-elle conclu, on en sauve de plus en plus, des prématurés.

En clair, ça veut dire qu'il y en a aussi de perdus. Si ma sœur meurt avant de naître, je lui fais la tête au carré.

— Tu veux rester à dîner, Emilien?

Elle connaît mon prénom? C'est vrai qu'elle tamponne souvent ma carte d'abonné. J'ai demandé :

— Vous avez des raviolis ?

— Non. J'ai de la choucroute au Riesling et de la mousse au chocolat.

Il n'y a vraiment que chez moi qu'on bouffe mal.

Une fois à la maison, j'ai allumé une bougie et pris «Un cœur sauvage» que m'a prêté mademoiselle Sainfoin.

C'est l'histoire d'une jeune Irlandaise qui n'aime que les chevaux. Dans la propriété voisine, vit un bourreau des cœurs, hautain, ironique, et je n'arrive même plus à décoller en lisant ça. Je suis dans ma mélasse. Noir, c'est noir.

J'ai tendu le bras vers le téléphone pour appeler Valentin.

— Ah non, put... papillote de marsouin !

J'ai baissé le bras, très las. J'ai failli rester toute la nuit, prostré dans ce fauteuil, à regarder diminuer la bougie.

Mais le sang s'est mis à battre dans mes tempes : c'est quand tout va mal que tout va bien, c'est quand tout va mal que... Je me suis levé, j'ai couru jusqu'à la cabine téléphonique, au bas de la rue.

— Valentin ?

— Oui.

— C'est Emilien.

— J'avais reconnu.

— Valentin?

— Oui?

— J'en peux plus.

— Viens.

Quand j'ai sonné à la porte de Valentin, j'étais raide de fatigue, les doigts gourds et les yeux chauds.

— Tu veux un thé ? m'a-t-il tout de suite demandé.

— Sans sucre, merci.

L'amertume de la vie. Je la bois à pleins bouillons.

— J'en ai marre, mais marre!

— Vous ne pouvez pas descendre plus bas, m'a fait observer Valentin.

— Si, on peut.

Il ne connaît pas autant que moi les choses de la vie. Il n'a pas lu «J'attends un enfant» de Laurence Pernoud.

— On attend un enfant, et pour finir, on ne l'a pas.

— Mais non, bredouille Valentin, tu te fais des idées.

Il a jeté un matelas au sol dans son atelier et il

m'a servi du thé en chantonnant : *«Je sens comme une déchirure, un goût de citron dans le thé, en quelque sorte, une éraflure, des bleus presque violets, des bleus presque violets...»*

J'ai bu sans sucre en faisant la grimace. Les couleurs des tableaux dansaient devant mes yeux plissés.

– Valentin ?

– Oui.

– Est-ce que le beau est toujours bizarre ?

– C'est une question qui demande réflexion.

– C'est ce que j'ai dit à mon prof de français.

Soudain, Valentin s'est souvenu qu'il était une grande personne :

– Au fait, ça va, l'école ?

– Non, pourquoi ?

Mon oncle eut un geste évasif, englobant l'avenir, le chômage et la sécurité sociale.

– Il faut avoir un métier. Le beau est très mal rémunéré, a-t-il fini par m'avouer.

Et tu bouffes ce que tu gagnes avec des morilles et du Marsala, ai-je pensé. Mais je n'ai rien dit car, contrairement à ce que pense Martha Haller, je suis un garçon très bien élevé.

— Bonne nuit, Emilien.

— Bonne...

Je dormais déjà.

Le lendemain, de bonne heure, j'ai repris le RER, direction Montigny. J'étais claqué. J'ai pris toute une banquette, en laissant dépasser mes godasses dans l'allée. Une dame bien, la mise en plis gris bleu, le tailleur gris perle, s'est avancée vers moi. Elle m'a parfaitement vu mais, au lieu de m'éviter, elle a frôlé mes chaussures.

— C'est quelque chose, ça, a-t-elle ronchonné, en s'essuyant frénétiquement le bas de la jupe. Plus c'est jeune, plus ça s'étale.

— Ils sont nés fatigués, s'est gaussé un vieux bonhomme.

Et ragnagna. Ce qu'ils sont contents de me faire la leçon, ces deux empaillés! Je vais encore boire des litres de thé, aujourd'hui. Amer, amer.

— Et vous croyez qu'il s'excuserait? continuait la bonne femme.

— Le monde est à eux, a répliqué le vieux.

Ils pourraient me remercier. Je leur ai trouvé

un sujet de conversation pour toute la journée.

— Vous vous rendez compte, dira la bonne dame à sa boulangère, ce matin, dans le RER, un jeune voyou...

— Oh, ça ne m'étonne pas, répondra la boulangère, pas plus tard qu'hier, deux jeunes voyous...

C'est sympa d'être jeune, dans ce pays de vieux.

A Léonard-de-Vinci, personne n'avait entendu parler de madame Pardini.

— Hein? Mais si... Cherchez bien. Sylvie Pardini. C'est ma mère. Elle avait des contractions.

— C'est le cas de tout le monde dans une maternité, m'a répondu l'infirmière d'un ton également contracté.

Elle a consenti à consulter une dernière fois son registre.

— J'ai bien une Sylvie. Mais c'est Pradet.

J'ai sursauté :

— C'est elle! Sylvie Pradet, c'est son nom de jeune fille.

Encore un truc qu'elle a trouvé pour emmarsouiner le monde : elle veut que ma sœur porte le nom de Pradet et que son père ne la reconnaisse pas. Je me demande parfois si ce n'est pas Martha qui lui met ce genre d'idées dans la tête.

– Maman...

Elle entrouvre les yeux.

– Mon chéri...

Ça lui a échappé. J'ai rougi.

– Comment ça va ?

– Mieux. J'ai eu peur, tu sais.

– Mais ça va aller, maintenant, a dit une infirmière sur un ton qui n'admettait pas la contestation. On va rester couchée et on aura ce petit bébé dans trois mois.

J'ai demandé :

– Et *on* va rester à la maternité pendant trois mois ?

– Ça dépendra.

Elle ne voulait pas me répondre. Elle s'est penchée vers maman :

– Vous avez pris la ventaline ?

– Oui, oui. Mais je voudrais savoir... Le bébé à l'échographie, il était vraiment petit ?

– Un peu petit pour six mois mais bien constitué.

J'ai regardé le ventre de ma mère. Moi qui la trouvais énorme! C'est la montagne qui va accoucher d'une souris.

– Prends de l'argent dans mon porte-monnaie, a murmuré ma mère.

Il restait 15 francs 25.

– Téléphone à Martha, a ajouté maman, elle me doit de l'argent.

Je n'ai rien dit. Plutôt crever que de lui réclamer quoi que ce soit.

– Il faut laisser votre maman, a dit l'infirmière sur son ton d'adjudant.

J'ai marmonné :

– Au revoir, maman. Au revoir, Justine.

Je ne bougeais toujours pas. L'infirmière a dit:

– Voilà. C'est bien. On s'en va, maintenant.

Je l'ai regardée, furibard. Mais elle me souriait. J'ai cru qu'elle allait me proposer du thé.

Je suis rentré à la maison et j'ai fini « Un cœur sauvage ». Normalement, j'aurais dû aller en cours de maths. Soit une somme de 15 francs 25 et un appétit de 16 ans, combien de temps faudra-t-il pour qu'Emilien crève de faim comme les enfants du Mali ? C'est alors qu'on a frappé à la porte. Trois coups. Je me suis tassé dans mon fauteuil.

— Ouvrez, au nom de la loi!

Valentin! J'ai bondi.

— Pardini, huissier de justice.

— C'est malin. Tu veux me rendre cardiaque? Il a fait trois pas.

— Qu'est-ce que c'est que ce trou à rat? Ça pue, ici.

— Heu, ouais, un peu... C'est la litière du chat... ou ma parka.

— Et tu laisses tout traîner? Les bols, les chaussettes? Qu'est-ce qu'il y a dans l'évier?

— C'est pas du marsouin. J'ai renversé du chocolat.

— Jamais tu nettoies?

Valentin était passé régler la note du téléphone et celle de l'électricité.

— Ça sera rétabli demain.

Deux heures plus tard, l'appartement sentait

l'eau de Javel. Tout était rangé, astiqué, briqué, étincelant. Mon oncle m'a proposé :

– Un thé?

Le nœud dans ma gorge se défaisait, fibre à fibre.

– Tu es une vraie femme d'intérieur, Valentin. Ça me change de ma mère.

Valentin m'a allongé son poing dans l'épaule :

– Ducon, va...

Il s'est invité pour dîner. Ses inventions culinaires m'effrayent un peu.

– Des asperges trempées dans un œuf coque... Tu es sûr?

Après, il y avait une entrecôte marchand de vin et une salade de fruits. Ce n'était pas encore ce soir-là que je mourrais de faim.

– Tu es génial, Valentin.

– Quand tout le monde sera au courant, je serai riche et célèbre...

– A la fin de l'année?

– C'est ça...

Et il a allumé sa clope de l'air de quelqu'un que cette perspective laisse indifférent. Comme il avait posé son paquet de cigarettes sur la table basse entre nous, j'en ai pris une. C'est sans doute embêtant, mais je crois que je vais aimer fumer. Vers minuit, j'ai dit timidement :

— Tu peux rester pour dormir, si tu veux.

Valentin a regardé en direction de la chambre de ma mère. J'ai ajouté :

— Il y a le canapé du salon.

Valentin s'est mis à rire. J'ai aboyé :

— Quoi ?

— Rien... Le jardin est bien gardé.

Il m'a de nouveau allongé son poing dans l'épaule.

— Tu as raison. Je vais dormir dans le salon.

J'ai vite pris l'habitude de retrouver Valentin en fin de journée. Il faisait les courses, la cuisine, la vaisselle. Puis un soir, il a décidé qu'il devait superviser mon travail scolaire.

— Calmosse, Valentin. De toute façon, je vais rater mon exam.

Mais il n'y a rien de tel qu'un j'm'en-foutiste pour faire bosser les autres.

– «Le beau est-il bizarre?» C'est sublime comme sujet.

Il a discouru pendant une heure, citant des noms que je n'avais jamais entendus pour m'asséner ensuite: «Mais il est très connu», et me parlant de bouquins dont je ne comprenais même pas le titre.

– «Les fondements de la métaphysique des mœurs», c'est essentiel, Emilien, essentiel...

– Tu sais, en dehors de Jeannette Pointu et de Corto Maltese, je connais que dalle.

On a fait le plan de ma dissertation puis on a parlé en allemand et on a essayé de feuilleter mon manuel de maths. Pour finir, on a clopé comme deux malades. Valentin veut que je persévère dans la bande dessinée. C'est un de mes amours de jeunesse. Il m'a donné des conseils puis il a gâché des dizaines de feuilles en crayonnant devant moi. Je me suis endormi à une heure du matin, la tête comme une déviation d'autoroute.

Ma mère a débarqué le lendemain, sans crier gare. L'infirmière-adjudant l'avait relâchée, moyennant la promesse qu'elle ne se lèverait plus jusqu'à l'accouchement. Maman s'est tout de suite assise sur le canapé, en portant la main à son ventre.

— Ça va?

— Ça ira... Je tiendrai encore deux... Qu'est-ce que c'est, cette odeur?

— Ma parka?

— Non. Ça sent la cigarette. Ce cendrier... il est plein de mégots!

Et tout de suite hystérique:

— Tu fumes!

— Mais non, maman. C'est un copain. C'est Xavier que j'ai invité...

— Ça ne serait pas une copine, plutôt? Alors, tu profites de ce que je suis hospitalisée pour...

Je l'ai regardée bien en face:

— Pour quoi?

Maman m'a examiné de la tête aux pieds. Je ne sais pas ce qu'elle en a conclu. Peut-être que je devenais grand? Elle a marmonné:

— Je dois me coucher.

Elle s'est levée péniblement. On aurait dit une petite vieille. Je me suis avancé pour l'aider.

Elle a retrouvé des forces pour me repousser d'une bourrade :

— Et toi, je t'interdis de fumer!

Hou... Ils ne l'ont pas améliorée, à la maternité. Quand elle a eu refermé sa porte, j'ai repensé à Valentin. Il allait se pointer vers 7 heures. Panique à bord ! Si ma mère apprend que je l'ai installé à la maison, elle va encore piquer sa crise.

— Allô, Valentin?

— Oui... Pourquoi tu parles si bas?

— Chut. Ecoute-moi. Ma mère est rentrée. Ne viens pas.

— Ah bon ? Elle est fâchée contre moi?

— Non, mais je ne lui ai pas parlé de toi.

Un silence à l'autre bout du fil. Puis :

— Vous êtes particuliers, tous les deux. Eh bien, tchao, à dans un an ou deux...

Il a raccroché, vexé. Le pire de l'affaire, c'est que j'ai dû faire croire à maman que c'était Martha Haller qui avait réglé le téléphone et l'électricité.

— Elle est vraiment sympa, s'est attendrie ma mère.

J'ai souri de travers :

— Géniale. Complètement géniale.

DIX JOURS POUR S'AIMER

Je suis descendu rapporter «Un cœur sauvage» à mademoiselle Sainfoin. Elle m'a ouvert, l'air toute guillerette :

— Ma petite-nièce est là...

— Mélodie?

— Oh non! Sophie. Avec son bébé. Vous voulez voir ce petit trésor?

Je craque toujours pour les bébés. Je suis entré dans le salon. Le petit trésor faisait à dada sur les genoux de sa maman.

— A cheval sur mon bidet, quand il trotte, il fait des pets. Prout, prout, prout, cadet!

A la fin de cette délicieuse comptine, le petit trésor se trouva la tête à l'envers et riant aux éclats. Le gros chou vert s'épanouissait d'aise.

— Il est mignon, hein? Dix mois seulement... On lui donnerait facilement un an. Il comprend tout. Tout.

Même «Les fondements de la métaphysique des mœurs».

— A cheval sur mon bidet, recommençait l'heureuse maman... prout, prout, prout, cadet!

— Prout, dit le petit trésor.

— Tu as entendu? s'exclama Sophie. Il a dit «prout».

— C'est bien ça, mon chéri, s'extasia mademoiselle Sainfoin, «prout cadet!»

— Prout, répéta le trésor.

Carrément surdoué, le gamin.

— Et comment il fait, le hérisson? demanda la maman. Pique, pique, le bidon...

Le bébé se mit à hurler de rire sous les chatouilles.

— Pique, pique le bidon, répéta mademoiselle Sainfoin à mi-voix, éblouie par tant d'invention maternelle.

— Et le canard, il fait...? Comment il fait..., le canard? questionna la maman.

— Ouah, ouah, dit le surdoué.

— Non, c'est coin coin, cancana mademoiselle Sainfoin. Et la vache, mon trésor, elle fait comment, la vache?

— Coin coin, dit le trésor.

— Meuh, elle fait meuh, mugit mademoiselle Sainfoin.

— Et le poisson? ai-je demandé. Il fait comment, le poisson?

— Prout, m'a répondu le surdoué.

Ce môme a de l'avenir. Il sait déjà se payer la tête des gens. Je suis remonté chez moi tout content. Nous aussi, dans quelque temps, nous pourrons faire la chèvre et le cochon. Maman est dans son septième mois de grossesse. Elle ne se lève plus du tout, mais elle est d'humeur charmante. Moi, je me suis remis au boulot.

— Les affaires reprennent, maman. J'ai eu 14 en allemand.

Elle rit. Je m'éloigne en chantonnant: *«Il reste de cette mésaventure un peu de sel dans le thé...»*

Martha Haller est passée à la maison nous empuantir avec ses cigares. Elle ne sait pas qu'il ne faut pas fumer en présence d'une femme enceinte? Je vais lui prêter «J'attends un enfant» de Laurence Pernoud.

— Tu n'es pas au collège? m'a-t-elle dit en entrant.

C'est sa façon de me demander de dégager. Elle a posé quelques gros paquets sur la table de la salle à manger. J'ai grogné :

— Ma mère ne peut plus se lever. C'est pas la peine de lui apporter du travail.

Martha n'a pas daigné me répondre et elle est allée dans la chambre de maman. Les emballages « Galeries Lafayette » et « BHV » m'ont intrigué. J'ai entrouvert un paquet : un gros mille-pattes en peluche verte et violette. Cette sale teigne de Martha... voilà qu'elle fait du sentiment, maintenant.

— Emilien! m'a appelé maman.

— Quoi?

— Pourquoi m'as-tu dit que Martha avait payé le téléphone et l'électricité? Elle n'a rien payé.

Je suis rarement à court de mensonges. Mais Martha me déconcerte tellement que j'ai bafouillé :

— Ah bon?

— Comment ça : « ah bon? », a dit brutalement Martha. Qui a payé?

On se serait cru au commissariat du quartier. J'ai tout de suite craché le morceau devant l'inspecteur Haller.

– C'est Valentin.

– Quel Valentin? a crié Martha.

– Pardini, a ajouté maman. Tu sais? Le peintre...

– Mais de quoi il se mêle? a explosé Martha. Pour qui te prend-il exactement?

Maman avait l'air ennuyé. Du coup, c'est retombé sur moi:

– Je t'avais dit de demander de l'argent à Martha! Tu as des initiatives insupportables! Insupportables!

Hou... J'ai battu en retraite. Quelle mauvaise foi! Elle ne m'a jamais dit de faire régler nos factures par Martha. Mais ce n'est pas la peine de discuter. C'est moi le gamin, donc j'ai tort. Le seul tort que j'aie, c'est de ne plus aller voir Valentin. Les jours passent... La façon qu'il avait de m'appeler Ducon et le thé sans sucre dans l'atelier, ça commence à me manquer. *«Il reste de cette mésaventure... une envie de pleurer, une envie de pleurer.»* Je suis seul de mon espèce. Il n'y a que des filles autour de moi. ... «*En quelque sorte une éraflure, des bleus presque violets, des bleus presque violets.*»

— C'est triste, ce que tu chantes, dit maman.

— C'est ce que chante Valentin, dis-je.

Mais ma mère ne pose jamais les questions que j'attends.

— Tu as vu le couffin que Martha m'a apporté? J'adore l'osier.

Un jour que je pensais à Valentin, quand on sonna à la porte, je crus que c'était lui.

— Macassard.

C'était l'armoire de campagne encadrée par un homme en imper et un autre à casquette. Il avait mis ses menaces à exécution : il était revenu avec un commissaire de police et un serrurier.

— La concierge m'a dit que votre mère était à la maison.

— Elle est couchée. On lui a interdit de se lever.

Encore une fois, presque en me marchant sur les pieds, Macassard était entré.

– Je n'en aurai pas pour longtemps, dit Macassard en se dirigeant vers la chambre de ma mère.

La porte alors s'ouvrit et ma mère parut sur le seuil.

– Vous tenez à persécuter une femme enceinte, souffrante et chargée de famille à cause d'une somme insignifiante?

Macassard bafouilla :

– Oui, mais, Madame Pardini, pour insignifiante qu'elle soit, cette somme, vous devez...

– Je sais ce que je dois faire, Monsieur, merci. La porte est derrière vous.

Ma mère étendit le bras et Macassard esquissa un mouvement de recul. C'était beau comme au théâtre. La reine outragée montrant la coulisse et le traître se retirant déconfit vers le pompier de service. Le serrurier approuva du chef. Je m'écriai :

– Bravo, maman !

Je n'eus pas le temps de la rattraper quand elle s'effondra sur la moquette, ses jambes se dérobant sous elle.

Après, je m'embrouille un peu dans mes souvenirs. Je sais que ma mère est restée un moment inconsciente et que le commissaire a appelé le SAMU. Je n'en suis pas sûr, mais il me semble que Macassard a profité du trouble général pour terminer son inventaire dans la chambre de maman. Quand les infirmiers sont arrivés, ma mère avait repris connaissance. Son teint était gris et ses lèvres blanches. Elle a murmuré :

– Elle est trop petite. Il ne faut pas qu'elle naisse.

Elle suppliait quelqu'un mais qui ? L'infirmier qui la soulevait ? Une fois sur la civière, elle a eu l'air de se rappeler que j'existais.

– Téléphone à Valentin…

Le médecin m'a dit qu'on conduisait ma mère à Paris, à l'hôpital Saint-Vincent-de-Paul. Puis toute l'agitation est retombée et je me suis retrouvé seul. « Elle est trop petite. » C'est cette phrase qui m'est revenue en premier. Ma sœur n'allait pas se remettre d'un tel choc. « Téléphone à Valentin. » Entre Martha et Valentin, ma mère avait finalement choisi le second. Mais je n'osais plus lui téléphoner. Il allait trouver que j'exagérais de ne l'appeler qu'en cas de coup dur. Ce fut la sonnerie du téléphone qui mit fin à mes incertitudes.

— C'est Martha. Passe-moi ta mère.

En deux mots, je la mis au courant.

— Je vais appeler Saint-Vincent-de-Paul, me dit Martha, ne bouge pas de chez toi.

Comme je raccrochais, mademoiselle Sainfoin sonna à ma porte.

— Je vous ai retrouvé «Les oiseaux de passage». Vous allez voir : c'est si beau quand...

— Oui, merci, mademoiselle.

Non, je n'étais pas seul au monde. Mais moi, je ne voulais plus dépendre de la voisine, de la bibliothécaire ou de Martha Haller. Je voulais seulement ma mère, Justine et Valentin. A peine avais-je pensé cela que ce fut évident comme la fin d'un roman de Barbara Cartland. Ma mère, Justine et Valentin.

— Allô ? C'est Martha. J'ai appelé l'hôpital. Ta mère a accouché, mais ça s'est mal passé.

Vlan ! Tout en délicatesse, Martha. Je bégaye :

— Elle est... elle...

— Ecoute. Elle a eu une césarienne. La petite

a dû être réanimée et mise en couveuse. Elle est minuscule. 1 kg 500, je crois.

Un temps de silence puis :

— Tu as ce qu'il te faut comme argent ? Ta mère ne veut pas que tu te fasses entretenir par ce Valentin...

J'ai raccroché sans répondre. Je pensais à tous les livres qu'il me faudrait consulter pour savoir ce que c'est qu'une césarienne, pourquoi on réanime les bébés et quelles sont les chances d'une petite fille d'un kilo et demi.

— Justine.

Quelque part, dans Paris, elle existe. Et c'est ma sœur. Tout de même, un kilo et demi, c'est décevant. C'est la moitié d'un bébé normal. Du reste, c'est une demi-sœur. Quel effet ça me fait ? Pas lourd. Ce qui compte, c'est ma mère. Elle, il faut qu'elle vive et qu'elle revienne. Qu'elle revienne tout de suite. C'est moi, le bébé.

— Valentin ?

— Oui.

— C'est Emilien.

— J'avais reconnu.

– Ma mère a accouché à Saint-Vincent-de-
Paul.

– Mes compliments à la mère et à l'enfant.

– Valentin?

– Oui.

– On lui a fait une césarienne.

– Ça se pratique tous les jours.

– Ma sœur fait un kilo et demi.

– C'est un bon poids pour une prématurée.

– On a dû la réanimer.

– Ils sont bien équipés à Saint-Vincent-de-
Paul.

C'était notre émission: «Le docteur Tant
Mieux vous répond».

– Valentin?

– Oui.

– Tu pourras me conduire à l'hôpital demain?

– Mais bien sûr. Je resterai dans le couloir
pendant que tu verras ta mère. C'est ça?

– Heu, oui.

Avec ma mère, je me méfie.

J'ai jeté un coup d'œil à Valentin en montant dans sa voiture. Il s'était sapé plus convenablement que d'habitude et il était rasé. Il n'avait peut-être pas l'intention de rester dans le couloir.

— Madame Pradet est chambre 212, nous a-t-on dit à l'accueil.

— Et son bébé? a demandé Valentin.

— Chez les prémas. Quatrième étage.

En arrivant au deuxième étage, nous avons vu une infirmière qui sortait de la chambre 212.

— On peut rendre visite à madame Pradet? s'est informé Valentin, en lui servant d'emblée son sourire le plus charmeur.

Manque de bol, c'était la sœur jumelle de l'infirmière-adjudant. Elle dévisagea mon oncle avec défiance.

— Vous êtes le papa?

Mon oncle endossa tranquillement la paternité.

— Il aurait fallu être là plus tôt, dit l'infirmière bourrue, on aurait pu éviter la césarienne. Elle ne voulait pas accoucher. Mais quand c'est fait, c'est fait. Elle avait perdu les eaux, c'était pas le moment de la mettre sous perfusion.

– Bien sûr, balbutia Valentin, complètement
largué.

– Maintenant, il faut qu'on se secoue un peu,
reprit l'infirmière. Le mieux, c'est d'accepter. Il
y a des gens très compétents ici. Ils savent ce
qu'ils font.

Elle s'éloigna, visiblement satisfaite de nos
mines ahuries. Je suis entré le premier dans la
chambre. Ma mère était seule.

– Emilien, c'est de ma faute...

Elle s'est tout de suite mise à pleurer. Elle
avait du chagrin à revendre.

– Je me suis levée. Je n'aurais pas dû. C'est de
ma faute. J'aurais dû rester à la maternité quand
j'ai eu les contractions. J'ai voulu rentrer pour
toi. C'est de ma faute.

– C'est la faute de personne, maman...

– Je ne l'ai même pas vue, reprit-elle, ils me
l'ont enlevée. Oh, je criais. Je ne voulais pas
accoucher. Sept mois, tu te rends compte? Elle
est trop petite. Elle ne peut pas manger. Elle
est... elle a quelque chose d'anormal. Ils ne veulent pas me dire. Elle est anormale.

Une main s'est posée sur mon épaule.

Ma mère a levé les yeux.

– Valentin… Je ne vous avais pas vu. C'est gentil de vous occuper d'Emilien. Emmenez-le. Je ne veux pas qu'il me voie comme ça. Emmenez-le.

Nous sommes ressortis. Je tremblais de la tête aux pieds.

– Valentin…

– Ne parle pas. Pas maintenant. Accroche-toi. On monte au quatrième.

Service des prémas. On ne passe pas.

– Vous êtes monsieur Pradet ?

– Oui. Je voudrais avoir des nouvelles de ma fille.

Un sourire éclaire les yeux de l'infirmière.

– Elle est très jolie, Monsieur. 1 kilo 200. Ce n'est pas bien gros. Mais pour sept mois…

Elle a déjà perdu trois cents grammes entre hier et aujourd'hui ? Je n'y comprends rien.

– Elle est… elle est normale ? dis-je en m'arrachant les mots.

– Vous êtes son grand frère ? Elle est normale.

Elle a seulement des petits problèmes de prématurée. Elle fait des arrêts respiratoires.

– Mais elle va mourir!

– Elle est ventilée, ne vous en faites pas.

Rien, rien. Je ne comprends rien.

– On peut la voir? demande Valentin.

– Vous, oui. Mais pas le jeune homme.

Je me révolte :

– Pourquoi? C'est ma sœur!

Mon oncle me fait signe de m'éloigner. Je
sais ce qu'il va tenter... Lui, au moins, je le
comprends. Je fais quelques pas dans le couloir.
Valentin me rejoint et cligne de l'œil.

– Ça marche.

C'est le roi des embobineurs.

– Je n'ai pas le droit de vous laisser entrer, me
dit l'infirmière un peu affolée. Vous ne resterez
qu'une minute et vous ne toucherez pas à votre
sœur.

Nous nous rendons dans une petite salle.

– Lavez-vous les mains, nous ordonne l'infirmière.

Puis elle nous passe des vêtements stérilisés :

un tablier, des bottes, un bonnet. Dans quel monde allons-nous atterrir?

– Relavez-vous les mains, nous dit l'infirmière.

Deux fantômes blancs et immaculés. Nous sommes prêts pour l'au-delà.

– Venez.

Oui, c'est un autre monde. De pulsations, de battements, de lumières qui clignotent, de goutte à goutte, de gramme en gramme. Derrière les vitres, des bébés nus qui tressaillent ou qui gisent, minuscules, inachevés, attachés aux machines qui les font vivre et respirer, le crâne tondu, les bras bleuis à force de piqûres, avec des tuyaux partout, des pansements, des cicatrices. Oh, mon Dieu ! Une sonnerie se déclenche près de nous. Deux anges blancs accourent en silence. L'infirmière nous montre un box, un peu plus loin:

– C'est elle. Faites vite...

J'ai failli crier. Mais une main a de nouveau serré mon épaule.

– Elle est moins petite que les autres, me glisse Valentin.

Elle n'est pas inerte, elle n'est pas non plus tressautante comme une grenouille crucifiée. Un tuyau lui dilate une narine et s'enfonce dans son tout petit corps. Une aiguille est plantée dans sa main droite. Elle a les yeux ouverts et fixes, énormes dans ce trop petit visage. Elle remue lentement le bras qui n'est pas attaché. Elle ouvre la bouche comme pour chercher de l'air, nageuse à contre-courant... Ou peut-être pleure-t-elle en silence?

— Elle est belle, dit Valentin, la voix mal assurée.

Je suis ressorti, chaviré. Je n'ai même pas pu penser que c'était ma sœur.

— Pourquoi ces tuyaux? a demandé Valentin, une fois repassé de ce côté du monde.

L'infirmière a toujours ce sourire dans les yeux, triste et attentif.

— On ne peut pas prendre le risque d'un arrêt respiratoire prolongé. Dans quelques jours, elle pourra sans doute se débrouiller sans assistance. Et dans quelques jours aussi, elle supportera une alimentation par sonde. Mais pour le moment, elle est sous perfusion. Elle ne va pas mal, vous

savez, elle n'est pas malade, elle n'a aucune mal-
formation. C'est un superbe petit bébé. Mais...
très petit, justement.

    — Je comprends, a dit mon oncle.

    Nous sommes redescendus. Dans la rue, j'ai
craqué :

    — Tu as vu comment elle est ?

    — Blonde avec des yeux noirs. Comme ta
mère.

    — Tu te fous de moi, Valentin ! C'est une
espèce de souris de laboratoire. Des sondes, des
perfusions ! Elle a mal, elle...

    — Arrête maintenant... Viens boire un verre à
la santé de ta sœur. Justine, c'est ça ?

    J'ai secoué la tête en silence. Un peu labo-
rieux, Valentin, mais il garde le cap sur Bonne-
Espérance. Puisque c'est quand tout va mal que
tout va bien.

    De ce point de vue, j'ai été servi, les jours sui-
vants. Ma mère ne voulait pas «se secouer»,
comme le répétait l'infirmière bourrue. Elle restait prostrée sur son lit, et quand elle se mettait à
parler, c'était pour ressasser toujours les mêmes

choses. Qu'elle aurait dû rester à l'hôpital sous surveillance, que c'était de sa faute, que le bébé était trop petit. Elle ne disait jamais «Justine». Mais toujours «le bébé». Le bébé, un bébé, peut-être même pas le sien?

– Quand on retire ses petits à une chatte à la naissance, m'avait dit Valentin, elle ne les reconnaît plus, après...

Maman refusa de monter au quatrième voir le bébé dans la couveuse, prétextant que la cicatrice de la césarienne la faisait trop souffrir. Chaque fois que j'allais à l'hôpital, l'adjudant de service me faisait des remarques sur ma mère, et le personnel me regardait d'un air apitoyé. J'étais le fils d'une mauvaise mère. Je les aurais tués. Valentin me calmait:

– Laisse dire... Parle de son travail à ta mère, de Martha, du bahut, des gens, du dehors... Il faut qu'elle sorte d'ici.

Au bout d'une semaine, je découvris que Valentin passait régulièrement au service des prématurés.

– Votre papa était là tout à l'heure, me dit-on quand je vins demander des nouvelles de ma sœur.

Justine était toujours branchée à la machine qui la faisait respirer.

– On a essayé de l'extuber, mais elle a très vite fait de nouveaux arrêts respiratoires. Alors, on l'a réintubée.

Quels horribles mots! Et derrière ces mots, je vois, je ne peux pas m'empêcher de voir: des tuyaux, de la souffrance, une courbe de poids qui descend et ma sœur qui nage à contre-courant.

– Elle est toujours sous perfusion, oui. Elle a un peu maigri. Mais c'est parce qu'elle a fait une jaunisse, la jaunisse du nouveau-né... Ce n'est pas grave du tout.

Rien n'est grave, selon eux. Je voudrais courir dans la salle et arracher tous les tuyaux. Mais je dis:

– Merci. Au revoir.

Puis Valentin a voulu m'accompagner dans la chambre de ma mère.

– C'est gentil à vous de vous occuper d'Emilien, a redit maman d'un ton las.

Avec ses cheveux défaits et ses gestes à la dérive, autant que Justine, elle faisait penser à quelqu'un qui se noie. Mais pour elle, pas un geste, pas un regard, même pas une sonde, une perfusion, un branchement. Elle pouvait crever seule, la mauvaise mère. Je hais les braves gens, les bonnes mères, les citoyens exemplaires, les morts pour la patrie, les…

— Tu ne t'assieds pas, Emilien?

Valentin pèse de tout son poids sur mon épaule et me fait asseoir au pied du lit.

— Justine va mieux, dit-il doucement. On lui a retiré sa perfusion. D'ailleurs, elle sautait tout le temps, parce que Justine est très remuante.

Quelque chose s'est éveillé au fond des yeux morts de maman. J'imagine mal Justine remuante. Mais si Valentin le dit, ça doit être vrai.

— On lui donne du lait avec une sonde, reprend mon oncle, en avançant très prudemment chaque mot. Elle a l'air de bien le supporter. Sa courbe de poids a redémarré.

Maman a tourné son visage vers Valentin. Elle est surprise, presque suffoquée.

— D'où tenez-vous tous ces renseignements? demande-t-elle enfin.

— Mais… du médecin qui suit votre fille. Et

puis je suis allée la voir tout à l'heure dans sa couveuse. Elle regarde les gens, elle... elle est très jolie.

Il guette l'impact de chaque mot sur le visage de maman. Le sang a afflué aux pommettes de ma mère. Elle est à l'air libre, elle respire. Bientôt, ma sœur n'aura plus besoin de sa machine.

— Je lui ai chanté une chanson tout à l'heure, continue Valentin. Elle entend très bien. Je l'ai caressée...

Ma mère s'est redressée d'un bond dans son lit :

— Vous l'avez caressée !

Mon oncle recule un peu :

— Heu, oui... c'est-à-dire, c'est l'infirmière qui m'a dit de passer la main dans la couveuse et de...

— Mais de quel droit ? Qui êtes-vous pour Justine ? De quoi vous mêlez-vous exactement ?

Maintenant, je sais pourquoi personne n'aide maman. Elle ne veut pas. Valentin a écourté sa visite, assez penaud. Mais le lendemain, maman montait au quatrième étage, sans aucune aide, peinant et ahanant au bord de la syncope. Si ma sœur lui ressemble, ça va être sympa, la vie de famille.

La semaine suivante, ma mère rentra à la maison sans ma sœur, qui atteignait le poids colossal de 1 kg 320 g. Comme d'habitude, elle arriva sans crier gare alors que nous clopions au salon, Valentin et moi. Je n'eus que le temps d'écraser ma cigarette au fond du cendrier.

— Vous prenez vos quartiers d'été à la maison? demanda maman à Valentin, sur un ton acidulé.

Je faillis protester, mais mon oncle me fila un coup de pied dans la cheville.

— Je tenais compagnie à votre fils, répondit-il en se levant.

— Appelle donc Xavier, me dit maman en ouvrant les fenêtres à deux battants pour aérer.

Puis à Valentin:

— Au fait, «Monsieur Pradet», vous voulez des nouvelles de votre fille?

Valentin se dandinait comme un imbécile, au

milieu du salon, ne sachant même plus si répondre oui ou répondre non serait ce qui lui attirerait le moins d'ennuis. Il finit par hausser les épaules. On aurait dit une scène dans Barbara Cartland : l'héroïne humiliée par le vicomte hautain, ironique et mordant. A la nuance près que c'était Valentin l'héroïne.

– On m'a fait beaucoup de compliments sur le père de Justine, continua de persifler maman. Il paraît que le bébé vous reconnaît. Vous comptez lui apprendre à fumer dès sa sortie de couveuse?

Elle ramassa le cendrier et se dirigea vers la cuisine pour le vider dans la poubelle. Valentin me fit la grimace, l'air d'avoir avalé un médicament amer.

– Pas facile, ta mère.

Maman revint au salon avant que Valentin n'ait tourné les talons.

– Je devrais vous être reconnaissante, lui dit-elle, c'est ça, hein?

– Mais pas du tout...

– Vous croyez que c'est agréable de s'apercevoir que quelqu'un prend votre place partout?

— Vous savez très bien la place que je voulais.

Bon. Je crois que je vais les laisser se débrouiller. En principe, je veux dire, dans un roman de Barbara Cartland, on en serait à trois pages de la fin. Il la prend dans ses bras, elle s'effondre sur son épaule, et leurs lèvres... Maintenant, partis comme ils sont, je me demande qui va prendre l'autre dans ses bras. Les temps sont durs pour les mecs. J'ai claqué la porte pour qu'ils sachent que je n'étais plus là.

J'ai marché en direction du centre commercial en me demandant : combien de temps est-ce que je leur laisse ? Une heure... parce que j'ai la dalle.

— Emilien !

Je me suis retourné. C'était Xavier.

— Tiens, regarde. Je viens de m'acheter des Asics.

Il me montrait ses godasses neuves.

— C'est gentil de me demander des nouvelles de ma sœur, dis-je.

– Ah oui! Au fait, ça va?... Ma mère a
retrouvé des tas de grenouillères pour ta sœur.
– Des affaires à toi! m'écriai-je. Des grenouillères Cardin, des brassières de petit-bourge?
Tu es malade!
– Déconne pas. Ta mère n'a pas de blé. Ça
lui rendra service.
J'ai regardé ma montre.
– J'ai une heure. Au galop!
On a couru jusque chez lui. Xavier, en souf-
flant comme un phoque, me vantait les charmes
de ses Asics ailées.
– Mais il va falloir que tu t'achètes une tente
à oxygène portative pour le souffle, dis-je en
retrouvant facilement le mien.
– Je croyais que c'était toi qui faisais de la
tachycardie, remarqua aigrement Xavier.
– Guéri. Le régime raviolis, c'est le régime
des champions.
On est entrés chez lui.
– Ah, Emilien! s'est exclamée madame Richard, ses quinquets s'allumant instantanément.
Comment va ce petit bébé? Et votre maman,
elle doit être bien heureuse?

107

J'ai essayé de prendre la tête de celui qui a une maman bien heureuse.

— Evidemment, elle serait plus tranquille si elle pouvait se reposer sur un mari, ajouta madame Richard avec la satisfaction de celle qui a récuré ses casseroles pendant vingt ans par pur amour conjugal.

— Ne vous en faites pas pour ma mère, dis-je. Elle s'est trouvé un autre Jules.

— Vraiment? s'est écriée madame Richard, toute palpitante d'intérêt.

Ma mère lui fait autant d'effet que « Dallas » et « Dynasty » réunis. Je n'allais pas la décevoir:

— Elle a rencontré un type de la haute, au Lion's Club de Montigny. Le vicomte Henri Fessard du Jardin. Malheureusement, il est marié et il a déjà une maîtresse qui veut le faire divorcer pour l'épouser. C'est assez compliqué.

— Arrête de déc, Emilien, m'a interrompu Xavier. Maman, sors-lui tes grenouillères.

— Rien que du beau, m'a promis madame Richard. Des grenouillères et des brassières Petit Bateau.

Je me suis demandé s'il n'y avait pas incompatibilité entre Petit Bateau et la marque de maman, T'as vu l'avion, mais in petto seulement, car, je le répète, je suis un garçon TRÈS bien élevé.

— Regardez si c'est mignon, s'extasiait madame Richard. Le style marin, comme ça, et celle-là avec les petits nounours... On aurait envie d'un bébé rien que pour pouvoir l'habiller.

A peine que tu as envie d'un bébé! Mais c'est nous qui l'avons.

— Consolez-vous, dis-je, après, ça devient des grands imbéciles en Asics.

Je suis bien élevé, mais il y a des limites. Madame Richard m'a mis tous ses vêtements dans un sac-poubelle et je suis rentré chez moi assez incertain. Avec ma mère, tout est possible. Elle peut tout aussi bien s'écrier: «Qu'est-ce que c'est que ces vieilleries? Passe-moi ça dans le vide-ordures», que: «C'est gentil à madame Richard d'y avoir pensé.»

Quand je suis arrivé chez moi, au bout d'une heure, j'ai retrouvé Valentin au salon. Ma mère était assise en face de lui. Pas la scène de passion torride du dernier chapitre, mais au moins, c'était calme. J'ai vidé mon sac-poubelle sur la table basse.

— Voilà. C'est des vêtements pour Justine de la part de madame Richard.

— C'est gentil... a commencé maman.

— Qu'est-ce que c'est que ce tas d'horreurs? a protesté Valentin. On ne va pas habiller Justine avec le rebut des gens!

Allons bon. Voilà l'autre qui s'y met.

— Nous verrons, a dit maman.

Il n'y a qu'une chose qui puisse la rendre raisonnable: c'est la pensée de son compte en banque. J'ai demandé:

— On ne mange pas, ce soir?

Valentin s'est levé d'un bond. Mais ma mère s'est récriée:

— J'y vais. Vous êtes mon invité.

J'ai hurlé:

— Non, laisse-le! Il est très fort pour la cuisine.

Valentin a eu l'air de redouter une explosion du côté de ma mère:

– N'exagère pas, a-t-il bafouillé. De toute façon, pour faire une omelette, il n'est pas besoin d'un talent particulier.

– Mais maman a un talent particulier pour rater les omelettes.

Maman a pris le parti d'en rire et Valentin est allé à la cuisine. Elle m'a regardé, interrogative :

– Vous vous entendez bien, tous les deux ?

– Il est génial.

– Génial, a répété maman, les yeux moqueurs.

– C'est vrai. Il est marrant, il est généreux, il est intelligent, il...

– Il est sobre et économe, ajouta maman. Tu as fini de me faire l'article ?

Nous avons dîné ensemble et, le rosé aidant, nous étions presque gais. Au dessert, je n'ai pas pu m'empêcher de remarquer :

– Il ne manque que Justine.

Plof. Comme un pavé qui tomberait dans la crème anglaise. Valentin est parti un quart d'heure après. Maman l'a raccompagné jusqu'à la porte, et ils sont restés tous les deux dans le noir dix minutes montre en main.

— On les regarde, ces vêtements? a dit maman, en me rejoignant au salon.

Nous les avons sortis et triés. Au début, maman me faisait des commentaires sur les formes, les couleurs, la mode d'autrefois. Puis, elle est devenue silencieuse.

Et soudain:

— Tu as vu comme c'est grand?

Elle tenait une grenouillère 0-3 mois à la main. En pensée, j'ai revu notre lilliputienne dans sa couveuse.

— Elle est tellement petite, a murmuré maman, en enfouissant son visage dans ses mains.

Je n'ai rien trouvé d'autre à dire que:

— Elle va grandir.

— Et si...

Maman n'a rien ajouté. J'ai ramassé les vêtements.

— Tu vas lui en faire à sa taille et ça sera plus joli.

Maman a reniflé un bon coup.

— Je t'ai bien élevé quand même. Tu es exactement le fils que je voulais.

— Dans ce cas, tu es exactement la mère que je voulais.

Mais j'ai plus de mérite qu'elle, parce qu'elle est vraiment chiante.

Un jour poussant l'autre, nous sommes arrivés au mois de juin et j'ai dû passer mon examen de français. C'était un commentaire de texte à faire sur Baudelaire. J'ai passé mon temps à me demander si le beau était bizarre ou si le bizarre était beau. Il n'était question dans le texte ni du beau ni du bizarre. Je crains le hors-sujet.

Autre bonne nouvelle : Justine n'a rien trouvé de mieux que de se choper un rhume. Dans une couveuse, je te demande un peu, et tout le monde se lave dix fois les mains avant de lui adresser la parole. C'est la princesse au petit pois, ma sœur.

— On la soigne en aspirant les mucosités, a voulu m'expliquer Valentin, très technique. Alors, on lui enfonce une sonde dans le nez très...

— Ah, tais-toi !

Les sondes, les perfs, les seringues, les tuyaux, on dirait que ça lui plaît. Il a dessiné la courbe de poids de Justine. Elle doit prendre 20 grammes par jour, d'après lui.

— Ils lui ont fait son EEG, me raconte-t-il, très enthousiaste au téléphone, il est normal. Mais j'ai signalé à l'infirmière qu'ils lui faisaient trop de prélèvements de sang au talon. Il est complètement bleu !

J'avoue que, quand je ne comprends pas ce qu'il me dit, je ne lui demande pas d'éclaircissements.

— On n'arrive pas à la séparer de sa machine à respirer, me raconte-t-il encore. Dès qu'on l'extube, elle recommence les arrêts respiratoires.

Les peurs de ma mère m'envahissent :

— Elle n'est peut-être pas normale ?

Mon oncle ne me répond pas. Il s'informe frénétiquement, mais au fond, il n'en sait pas plus long que moi.

Il fait très chaud, les vacances approchent. Nous allons les passer à attendre qu'une minuscule petite chose choisisse entre les morts et les vivants. Pendant ce temps, madame Richard ira faire bronzer ses culs de casserole sur la Côte. Je me sens devenir méchant. Etre malheureux, ça rend mauvais. Valentin, lui, est inaltérablement gentil.

— En fait, lui dis-je sur le ton de la constatation, tu es trop mou pour être méchant. La gentillesse, c'est un manque d'énergie.

— En fait, me répond-il, j'ai l'impression d'être assis sur un tas de bombes. A force de vous fréquenter, ta mère et toi, j'en saurai autant qu'un artificier.

Fin juin. 1 kg 700. J'ai fini par faire comme Valentin. Je note le jour et le poids sur un carnet. Maman a été convoquée à l'hôpital par le pédiatre qui soigne Justine. En substance, tout va bien, comme d'habitude. Mais... Mais ma sœur risque la maladie des ventilés parce qu'elle ne peut plus se séparer de sa machine. Elle ne sait pas quoi inventer pour se faire remarquer. Maman est revenue complètement muette de

Saint-Vincent-de-Paul. Elle ne veut plus y remettre les pieds.

— Ça me fatigue trop, m'a-t-elle dit.

Je sais ce qu'on va penser, qu'elle est égoïste, qu'elle abandonne son enfant. Ce n'est pas vrai.

— Maman n'est pas indifférente, dis-je à Valentin. C'est le contraire. Elle est trop sensible. Elle ne supporte pas…

J'insiste :

— C'est son bébé. Alors, elle ne supporte pas…

Il ne dit rien. Je gueule :

— Pourquoi tu ne réponds pas ?

Il hausse l'épaule.

— Etre amoureux ou pas, telle est la question. Quand j'aime, je ne discute pas.

Quand je serai grand, j'aimerai Martine-Marie comme ça.

— Ne t'en fais pas pour Justine, ajoute Valentin, je vais la voir tous les jours.

Il va la voir, il lui parle, il lui chante sa chanson, il la caresse, et tout le monde fait cercle autour d'eux. Ça me fait mal.

— Quand tout sera fini, dit-il, je vous emmè-

nerai chez moi, en Bretagne, entre la mer et la
lande. Justine aimera la mer...

J'ai peur que Valentin ne se fasse des illusions.
Avec ma mère, ce n'est pas joué. Avec ma sœur
non plus, ce n'est pas joué. La maladie des ventilés entraîne des difficultés respiratoires de plus en
plus graves, parce que les alvéoles pulmonaires se
durcissent. Ils n'y comprennent rien à l'hôpital.
La machine à respirer de Justine est très souvent
à zéro; elle n'en a pas besoin pour respirer. Mais
dès qu'on l'en prive, elle fait des arrêts respiratoires qui menacent son cerveau et sa vie. Valentin m'a dit ce que ma mère avait entendu de la
bouche du pédiatre à Saint-Vincent-de-Paul:
que ma sœur n'arrivait pas à s'intéresser au
monde des humains, qu'elle leur tournait le dos
et préférait sa machine à la vie. Et que c'était sa
faute à elle, parce qu'elle ne l'aimait pas. J'ai
hurlé :

— C'est dégueulasse! On n'a pas le droit de
dire des choses aussi...

— Ils ont peur, figure-toi. J'ai compris maintenant. Ils ont peur que ça finisse mal. Alors ils
cherchent un coupable... et voilà. C'est ta mère.

Mais l'infirmière qui sourit des yeux — et qui s'appelle Monique — a eu une idée qu'elle a soumise au pédiatre.

— Ils veulent débrancher la machine, m'a expliqué Valentin, quand nous serons là, toi et moi.

... Pour que nous l'attirions de notre côté, du côté des vivants. Pourquoi pas?

Service des prémas. On a un passe-droit.

— Vous mettez les blouses comme l'autre fois, chuchote Monique.

Elle me fait un clin d'œil. Je suis censé n'être jamais venu là. D'ailleurs, le pédiatre m'explique longuement que ma présence est tout à fait exceptionnelle, et pour ainsi dire expérimentale. Il est froid et pédant. Je comprends qu'il ait fatigué maman.

Ma petite sœur est dans sa couveuse, sans sonde ni perfusion, juste ce tuyau dans sa narine droite. Elle n'est plus nue comme une grenouille de labo. Elle a une couche qui lui remonte jusque sous les épaules. Elle agite les jambes

comme un petit coureur cycliste en reconnais-
sant Valentin. Ses yeux sont noirs et vifs.

– C'est un vrai bébé, dis-je tout étonné.
Une miniature de miniature. Mais rudement
jolie. Je n'arrive pas à croire qu'elle n'ait pas
envie d'être vivante. Il y a un malentendu. A
mon avis, elle en a sa claque d'être dans cet au-
delà aseptisé. C'est ça qui lui pompe son air. Je
lui dis :

– Bon, alors, pourquoi tu ne viens pas à la
maison ?

Monique éclate de rire. Le pédiatre la regarde, l'air contrarié. Ce ne doit pas être hygié-
nique de rigoler.

– Nous allons l'extuber, dit-il, la voix lugubre. Vous pouvez rester ou sortir.

Je sors en courant. Valentin reste, naturelle-
ment. C'est Monique qui vient me rechercher.

– Vous voulez la prendre dans vos bras ? me
demande-t-elle.

A priori, je suis contre. Si je ne la lâche pas,
je vais l'étouffer. Mais j'accepte parce que je ne
veux pas la laisser encore à Valentin. C'est ma
sœur, à la fin.

Quand j'arrive près de la couveuse, c'est quand même trop tard. Elle est déjà dans les bras de Valentin.

— Passe, dis-je.

Hou... Elle est tellement légère qu'on ne la sent pas.

— Parlez-lui, me conseille Monique.

Je m'éloigne. Ce que j'ai à lui dire, ils ne l'entendront pas. C'est une affaire entre elle et moi. Puis, je l'ai redonnée à Monique.

— On va la surveiller toute la journée avec le monitoring, dit-elle.

— Mais je vous suggère de ne pas être trop optimistes, ajoute le lugubre pédiatre. C'est le quatrième essai que nous faisons.

— Je vais rester, murmure Valentin.

— Si vous pouvez disposer d'une heure ou deux, ce sera bien, approuve le pédiatre.

— J'ai toute la journée, toute la nuit, toute la semaine, répond Valentin.

Et on sent qu'il a toute la vie. Monique m'a reconduit jusqu'à l'ascenseur.

— Elle va s'en tirer, cette fois. Nous en avons tous envie.

Maman‧ est partie pour l'hôpital avec moi le lendemain matin. Elle relayait Valentin. Vers 10 heures, comme ma mère lui chantait «Ainsi font, font, font les petites marionnettes», Justine est soudain devenue toute grise, amorphe, et la sonnerie d'alarme du monitoring s'est déclenchée. Monique est accourue, elle a remué les jambes de Justine qui étaient toutes molles.

– Ça va, nous a-t-elle dit après une minute de cette gymnastique, l'alerte est finie. Heureusement, le pédiatre n'était pas là.

– Pourquoi heureusement? a demandé maman.

– Parce qu'il a tellement peur de ces incidents! C'est lui qui réintube Justine à chaque fois... La vie, c'est prendre des risques, n'est-ce pas?

Elle sourit à ma mère, et ma mère approuve d'un lent hochement de tête. La vie, c'est prendre le risque d'être vivant. Qu'est-ce qui a décidé Justine à penser de même? La chanson de Valentin, les marionnettes de maman ou ce que je lui ai promis à l'oreille? Je ne sais pas, mais ce qui est sûr, c'est qu'elle a choisi ce côté du monde, notre côté. Sa machine, elle l'a refilée à une autre prématurée.

Fin juillet. 2 kg 300. Drôles de vacances. (Au fait, j'ai eu mes résultats de français. 10 à l'oral. J'ai eu le tort de plaisanter les grands hommes. 15 à l'écrit. Le bol : je suis tombé sur le correcteur fou de l'Académie. Fermez la parenthèse.)

Demain, nous allons chercher Justine à Saint-Vincent-de-Paul. Maman est un peu paniquée. Elle aurait voulu que le bébé reste encore un moment, qu'elle grossisse encore. Mais le service ferme pendant le mois d'août, et Monique a tranché :

– On ne va pas mettre Justine ailleurs. Ce qu'il lui faut, c'est la maison. Un papa, une maman, un frère, une vraie famille.

Vision enchanteresse. Maman a seulement dit :

– Elle est si petite...

Valentin nous a mis dans un taxi, elle et moi, direction Saint-Vincent-de-Paul. Au service des prémas, Monique nous attendait :

– Tout est en règle, nous dit-elle. Justine est prête.

Elle était dans un petit berceau, enveloppée dans un nid d'ange. Maman l'a prise dans ses bras, maladroitement. Le pédiatre était là et la regardait. Attendant quoi ? Qu'elle la fasse tomber ? Nous sommes partis très vite, presque à la dérobée. Le taxi était toujours en bas.

– Installez-vous bien, Madame, a dit le gros chauffeur, je vais conduire en douceur.

Dans le taxi, il faisait tiède, le moteur ronronnait, Justine souriait dans son sommeil.

– Moi aussi, j'étais prématuré, nous a confié le gros chauffeur.

Est-ce la fatigue ? Le ronron du moteur ? Il se passe quelque chose d'extraordinaire. Ça commence par un «b». C'est une chose rare sur cette Terre, un élixir subtil déjà presque évaporé. J'ose à peine le retenir. De partout déjà menacé. Fragile, fragile. Maman serre Justine contre elle, et sa main libre s'est posée sur la mienne. Ça commence par un «b». A peine peut-on l'effleurer. Bonheur. Il fait soleil pour une journée.

Valentin nous attendait sur le trottoir, avec

un faux air d'Hamlet dans ses vêtements noirs. To be in love or not, that is the question. Maintenant, attention à ce qui va se passer! Valentin s'est approché du taxi, il a ouvert la portière. Maman lui a tendu le bébé pour pouvoir descendre.

— L'ascenseur est en panne, l'a prévenue Valentin.

Nous avons monté nos étages, ma mère s'agrippant à la rambarde et Valentin se retournant toutes les trois marches.

— Ça va?

— Regardez devant vous...

Maman est entrée et s'est dirigée vers la cuisine.

— Je vais préparer le biberon.

On dirait qu'elle fuit. Valentin s'est assis sur le canapé et a sorti du nid d'ange notre oisillon déplumé. Maman est revenue, le biberon à la main.

— Elle le prendra mieux avec vous, dit-elle à Valentin, elle vous connaît davantage.

Le plus qu'elle a pu, elle a chassé l'amertume de sa voix. Elle s'est assise en face de Valentin, comme au spectacle. Je voudrais lui glisser à l'oreille :

— Mais enfin, moi, tu m'as élevé et bien élevé !

Elle a peur de cette petite fille trop petite et déjà blessée. Ou elle a honte de l'avoir faite. Elle garde les yeux rivés sur la bouche de Justine et sur la tétine du biberon. Si Justine refuse de manger, tout va s'effondrer.

— Allez, Justine, au boulot, dit Valentin en glissant la tétine entre ses lèvres.

La Terre s'arrête de tourner et puis, tt, tt, un petit bruit, tout petit bruit, le bruit d'un bébé qui tète, et la Terre est repartie. Maman se laisse aller contre le dossier du fauteuil.

— C'est bien, ma fille, murmure Valentin.

Mes cheveux se dressent sur ma tête. « Ma » fille, il est fou ! Maman va lui arracher Justine. Ma sœur dévore Valentin de ses yeux noirs aussi avidement qu'elle tète.

— Tu reconnais ton papa ? lui demande Valentin.

Maman a fermé les yeux. Ça me fait mal. Il nous prend notre bébé. Il s'est levé et promène

Justine en lui tapotant le dos. «*Il reste de cette mésaventure un peu de sel dans le thé...*» Il en fait trop. Ma mère va exploser. Mais Valentin est devenu bon artificier. Il s'approche de maman, lui met dans le giron un bébé repu et alangui, puis dit d'une voix hachée:

— Excusez-moi. J'en ai un peu profité. J'aimerais bien avoir un bébé. Un bébé comme celui-là.

Hou... Très fort, ce type. Maman, si tu ne craques pas avec celui-là, ce sera avec personne.

— Il faut la coucher, dit-elle, en tendant Justine à Valentin.

Elle se relève, Valentin lui recolle la gosse dans les bras. Elle la lui redonne, et Blanco fait une passe à Mesnel qui passe à Lafond...

— Hé ho, vous arrêtez de jouer au rugby avec ma sœur!

Il est temps que je fasse preuve d'autorité fraternelle. Je la leur prends des mains et je vais la poser tout endormie dans son couffin.

Quand je suis revenue, ma mère et Valentin étaient très absorbés, genre dernier paragraphe dans «Un cœur sauvage».

— Maman, j'ai couché Justine.

— Hmm...

— J'ai remis la couette. Il fallait?

— Mmm...

Pauvre Justine! Quand on pense que ce sont ces deux irresponsables qui vont l'élever, on frémit. Enfin... Si ma mère coud les grenouillères et si Valentin paye les couches, on tiendra bien un an avant que les services sociaux nous repèrent.

Dans l'escalier, au deuxième étage, j'ai croisé mademoiselle Sainfoin qui partait changer ses livres à la bibliothèque.

— Alors, Monsieur Pardini, qu'est-ce que vous avez pensé des «Oiseaux de passage»?

Je ne les avais pas lus. J'ai balbutié:

— Très... très bien. Et c'est si joli quand la comtesse meurt!

— Je voulais vous demander: votre petite sœur, ça va mieux?

Elle a les yeux embués de sollicitude.

— Elle est à la maison.

— Oh, quelle chance!

Elle est trop discrète pour oser demander à venir voir ce cher trésor. Alors, je lui dis:

— Vous reprendrez «Les oiseaux de passage» à la maison, en fin de soirée?

— Oh oui, volontiers!

J'ai fini de dévaler l'escalier et j'ai galopé dans les rues de Montigny, arrachant d'un bond les feuilles aux arbres et courant le long des trottoirs, les bras en balancier.

Quand je suis rentré, Justine était réveillée et toujours contre Valentin.

— Je fais du thé ! a lancé maman, sa voix perchée sur les notes les plus gaies.

Je me suis accroupi près de Justine et j'ai glissé un doigt dans sa paume. Elle l'a serré à s'en faire les jointures toutes blanches.

— Elle est chouette, hein? a murmuré Valentin. Tu as vu comme elle serre fort?

— Et je ne sais pas si tu as remarqué? Mais elle a une main avec cinq doigts.

Valentin rigole:

— Fous-toi de moi...

— Quand je pense, dis-je, qu'il y a des gens qui prétendent que les hommes sont de grands sentimentaux...

— Pure médisance.

128

J'ai secoué le poing de ma petite sœur :

— Ho, tu me lâches la grappe, Titine ?

— Ah non ! crie ma mère dans mon dos. Vous ne lui donnerez pas de surnoms ridicules. Elle a un joli prénom et je ne permets pas qu'on...

C'est reparti. On ne peut pas être tranquille deux minutes ici. Et sans transition :

— Vous prenez du thé, Valentin ? demande-t-elle, presque suave.

— Sans sucre, merci.

J'en ai mis trois dans le mien. Je ne sais toujours pas de quoi demain sera fait. Mais ma sœur est en vie. Merci.

— Alors, c'est d'accord pour la Bretagne ? a questionné Valentin.

— Dix jours... Vous croyez ? Elle est fragile.

J'interviens, faisant en quelque sorte autorité en matière de pédiatrie :

— J'ai lu un bouquin où ils disaient que l'air de la mer énerve les enfants.

Valentin me jette un regard mauvais. J'ajoute :

— Remarque, j'en ai lu un autre où ils disaient que ça leur ouvrait l'appétit.

Nous sommes donc partis.

Ma mère s'est assise à l'arrière, Justine dans son giron. Valentin a démarré, et ma sœur s'est mise à hurler. Dix kilomètres sans reprendre souffle.

— Valentin ! Faites demi-tour, a crié ma mère.

— Elle ne supporte pas la voiture ! ai-je crié à mon tour.

Valentin s'est garé, il s'est tourné vers ma mère et lui a tendu les clefs de la voiture.

— On échange ?

Il s'est installé à l'arrière. Une petite berceuse : *« Il reste de cette mésaventure un peu de sel dans le thé. »*

Justine s'est endormie dix secondes après. Côté décibels, c'était mieux. Côté ambiance, c'était pas fameux.

Nous avons fait halte à un relais pour que Justine boive son biberon. Maman l'a prise sur ses genoux. Hurlements.

— Passe-la-moi, dis-je, prêt à lui enfourner le biberon dans les trous de nez s'il le fallait.

Re-hurlements. Les gens commençaient à nous dévisager soupçonneusement. Valentin, qui était allé cloper dehors (il est interdit de cigarettes en présence du bébé), est arrivé à ce moment-là. Il m'a regardé, les mains dans les poches, l'air indécis.

– Mais prenez-la! a crié maman.

Même la serveuse s'était arrêtée de servir, le spectacle devenant trop captivant. Valentin a pris ma sœur en pleins sanglots. Il a marmonné :

– Bon. On se calme.

Justine l'a fixé de ses grands yeux noirs et a stoppé net au milieu d'un braillement. L'homme de sa vie! En cinq sec, le biberon était vidé. Là, Justine, tu charries.

La maison de Valentin, héritage de ses parents, est construite en granit. Le jardin ouvre sur la lande et la lande sur la mer. Il y a trois chambres. Moi, je pensais : une pour ma mère et Valentin, une pour Justine et une pour moi. Je me trompais.

– Je vais rester au rez-de-chaussée avec Justine, dit ma mère.

Mon oncle avait donc, comme moi, sa chambre au premier.

– Si on compte sur toi pour remonter le taux

de natalité, dis-je à Valentin dans l'escalier, la France est mal barrée.

— Ta sœur ne te suffit pas? a-t-il grogné.

En réalité, la distribution des chambres se modifia vers minuit. Valentin descendit au rez-de-chaussée passer la nuit avec ma sœur, celle-ci ayant hurlé deux heures durant. Ma mère, excédée, monta au premier.

Quand je descendis pour le petit déjeuner, je trouvai mon oncle en train de disposer les tasses sur la table de la cuisine, légèrement gêné dans sa manœuvre par la poche kangourou où dormait ma sœur.

Ma mère, en entrant, eut un mouvement de colère, tout de suite maîtrisé.

— Ah? Vous avez trouvé le porte-bébé…

— Il était près de votre sac. Bien dormi?

Maman ne répondit pas. Valentin s'appuya à l'évier pour boire son café, Justine l'empêchant de s'asseoir. Maman le fixa d'un regard bien noir pour lui faire sentir à quel point elle s'attendait à ce qu'il ébouillante sa fille.

— Je vais monter les affaires de Justine au premier, annonça Valentin.

Silence radio du côté de ma mère.

Vers midi, je retrouvai Valentin toujours dans la cuisine et toujours avec ma sœur dans la poche. Je m'informai :

— Tu ne la poses jamais ?

— Si je la pose, au bout de trois secondes, elle hurle. Et au bout de dix minutes, ta mère hurle.

— Heureusement que tu aimes les bébés, remarquai-je.

— A la folie. D'ailleurs, je deviens fou.

Il sortit son paquet de cigarettes de sa poche revolver.

— Hé, tu ne vas pas fumer !

— Je vais me gêner.

Il alluma sa clope. Une porte claqua dans l'entrée. Ma mère revenait des courses. Valentin écrasa sa cigarette dans l'évier.

L'après-midi, pluvieuse, se passa de façon charmante, Valentin toujours debout, accoté au vaisselier ou faisant les cent pas, pendant que nous jouions au Scrabble, ma mère et moi.

— Mais vous n'allez jamais la poser ! s'écria soudain maman.

— Moi, je veux bien, répondit Valentin.

Doucement, il extirpa ma sœur de la poche et la posa dans son couffin. Justine fit entendre un bruit de suçotement comme si elle cherchait à téter, puis elle eut un brusque tressaillement et démarra sa sirène d'alarme. Elle réintégra assez rapidement la poche kangourou.

— Elle... elle doit me confondre avec sa couveuse, se justifia Valentin.

— Mais bien sûr, dit ma mère entre ses dents.

Le lendemain, deuxième jour de nos idylliques vacances, il faisait beau. Valentin voulait montrer la mer à Justine.

Je crus judicieux d'intervenir :

— J'ai lu un livre où ils disaient que la plage est très dangereuse pour les nourrissons.

— Et moi, j'en ai lu un sur les emmerdeurs, me répondit Valentin.

Ma mère décida que j'avais raison.

— Dans ce cas, *je* vais voir la mer, riposta Valentin en commençant à défaire les sangles du porte-bébé.

— Mais pas maintenant, protesta maman. Ça va être l'heure du biberon.

— Je vais me syndiquer, maugréa Valentin en rajustant les sangles.

L'après-midi, ma mère sortit ses cahiers de comptabilité en poussant des soupirs. Cet exercice la met dans une sorte de rage froide. Pressentant que la journée allait tourner à l'orage, du moins sous notre toit, Valentin lança depuis le seuil :

— Bon. *Nous* sortons.

Ma mère courut derrière lui :

— Mais où allez-vous? Vous lui avez mis son bonnet? Attendez-moi!

Nous allons tous disjoncter.

L'air du large n'ayant pas tué ma sœur sur le moment, Valentin décida de réitérer le lendemain, troisième jour de notre paradisiaque installation. Il put donc alternativement nous regarder jouer au Scrabble et déambuler sur la plage. Ma mère, livrée à elle-même, se mit à couvrir de chiffres ses cahiers, l'air de plus en plus féroce. Je songeais parfois que je n'oserais jamais raconter mes vacances à Xavier. Heureusement que je sais mentir.

Le quatrième matin de notre enivrant séjour breton, le facteur se pointa avec une lettre assez épaisse. Expéditeur : Martha Haller. Hou... Maman était sortie faire les courses.

Mon regard croisa celui de Valentin.

– Amie ou ennemie ? me demanda-t-il.

– Ennemie.

Un temps. Valentin cherche ses clopes. Puis :

– Emilien...

– Hmm ?

– Des fois, la poste égare les lettres.

– C'est rare...

– Mais ça arrive.

– Poubelle ? questionnai-je.

Valentin acquiesça silencieusement. Quand maman arriva, ses paniers débordant de concombres et d'artichauts, nous avions l'air parfaitement coupables, lui et moi. Par chance, ma mère avait l'esprit ailleurs. Elle s'assit dans un coin du salon avec ses grandes feuilles blanches et se mit à crayonner, à la recherche de quelque nouveau modèle

pour enfants. Parfois, elle levait les yeux et ob-
servait Valentin comme si elle prenait ses mesures.

— Ça va? demandait mon oncle en rougis-
sant.

— Vous avez fait dégorger le concombre?
répondait maman.

Je me demande comment Valentin peut supporter d'être traité de cette façon: Comme il le
dit régulièrement, avec un air de sombre délec-
tation :

— Pas facile, ta mère...

Le cinquième jour de nos inoubliables
vacances, je pris la décision de me baigner. Au
bord de la mer, quand il fait 25°, c'est une idée
qui finit par s'imposer à un esprit désœuvré.
Maman, perdue dans ses croquis, marmonna :

— Je crois que tu as un maillot de bain...

Sur la plage, il y avait comme sur toutes les
plages des baigneurs qui ne se baignaient pas, des
joueurs de volley qui rataient tous leurs smashes,
des véliplanchistes qui tombaient à l'eau, des
gosses en train d'attraper des insolations et des

dames plus pelées que brunies. Je dis ça parce que je suis jaloux. Mon oncle, qui faisait toujours les cent pas, mais cette fois le long de la mer, ne passait pas inaperçu avec son porte-bébé en velours grenat. J'ignore si la jeune volleyeuse qui le heurta avec le ballon le fit exprès ou pas. Elle accourut en s'excusant.

– C'est une petite fille ou un petit garçon? demanda-t-elle de façon très originale.

– Une petite fille, répondit Valentin.

– Vous la promenez beaucoup...

– Je suis payé pour.

– Ah bon? s'étonna la demoiselle. Ce n'est pas votre fille?

– Non. Je suis un au pair boy.

La mythomanie, c'est de famille. Valentin raconta qu'il était québécois, qu'il s'appelait Buchamort et rêvait d'aller aux Folies-Bergère. Puis brusquement, la plaisanterie ne l'amusant plus, il repartit avec sa charge d'enfant. La jeune fille reporta alors son attention sur moi. Faute de grives, on mange des merles. Elle s'appelait Emilie.

– Et toi, Emilien? C'est drôle, non?

La coïncidence du siècle. Je revins à la maison, en me demandant si je la trouvais jolie. Maman, qui était au salon, tricotait au crochet une espèce de filet.

— C'est de la ficelle que tu tricotes?

— Comme tu vois.

Etait-ce une camisole de force pour mon oncle? Ou un piège à célibataire?

— C'est un petit filet à crevettes pour Justine? essaya de deviner Valentin.

— Et si vous coupiez la queue des artichauts? lui suggéra maman.

L'atmosphère devient hitchcockienne. Nous allons vers le drame passionnel.

— J'ai épluché les carottes pour ce soir, dit Valentin. Je ferai les artichauts demain.

J'ai demandé à mon oncle:

— Tu as un secret pour la supporter?

Il m'a répondu:

— Sado et Maso sont sur un bateau. Sado tombe à l'eau. Qui est-ce qui reste?

— Hou! C'est pas de mon âge. Je vais faire mes petits pâtés dans le sable.

Le sixième jour s'écoula sans que mon oncle ait étranglé ma mère. Le soir, je sortis de ma chambre vers 23 heures, mes baskets à la main. Tout était calme. Ma mère et Justine dormaient. Mais en haut de l'escalier, je me heurtai à l'inévitable Valentin qui était allé fumer à la cuisine.

— Qu'est-ce que tu fais?

— Je... j'ai un rencart.

— A une heure pareille? s'étonna Valentin.

— Je vais dans une boîte, pas loin...

— Seul?

— Ho! T'es pas mon père!

— Tu veux que je réveille ta mère?

Rien d'autre à faire que de négocier.

— Ecoute, Valentin, je vais danser avec Emilie, la fille de la plage...

— Les jeunes générations ne perdent pas de temps, admira Valentin. Bon, sois discret. Ne rentre pas après 3 heures du matin.

Comme j'allais descendre les premières marches, il m'attrapa par le bras.

— Quoi encore?

— Tu n'as besoin de rien?

– J'ai du fric.

Il ne me lâchait pas.

– De rien d'autre?

Je compris enfin la fine allusion.

– Les jeunes générations ne perdent pas de temps, Valentin, mais il ne faut pas exagérer...

Je revins à 5 heures du matin. Ma mère et Justine dormaient. Mais arrivé en haut de l'escalier, je vis la porte de mon oncle s'ouvrir.

– Tu ne m'attendais pas? demandai-je, ennuyé.

– Un peu.

Il referma la porte derrière lui.

– C'était bien?

– Moyen.

J'aurais pu me taire. Il n'aurait pas insisté.

– Valentin...

– Hmm?

– Tu avais raison au sujet des jeunes générations...

– Ah bon?

Le silence entre nous puis:

– Tu m'expliqueras comment tu fais.

Je rigole.

— Chut, murmure Valentin. Tu veux une cigarette ?

Nous nous sommes assis dans le couloir et
nous avons allumé nos cigarettes dans le noir.

— Valentin ?

— Hmm ?

— Tu n'aurais pas dû me laisser sortir ...

— Alors, ce n'était pas bien ?

— Je t'ai dit : moyen.

Nineteen Cleveland Street. Pourquoi est-ce
que j'ai fait ça ? Nous devions avoir quatre
enfants, Martine-Marie et moi. C'était décidé.

— Pourquoi tu m'as laissé sortir ?

— Je ne suis pas ton père.

Le bout rouge de ma cigarette dans le noir.
Nineteen Cleveland Street. Pourquoi j'ai fait ça ?

— J'ai 16 ans.

— Je suis au courant.

J'ai approché la cigarette de ma main. La
peau a grésillé. Valentin m'a donné un coup de
pied dans la cheville :

— Arrête ça.

Au matin du septième jour, quand j'ai entendu Valentin qui ouvrait la porte d'entrée, j'ai descendu l'escalier en pyjama.

— Hé, attends... Tu sors? J'ai une lettre à poster.

Je lui ai tendu une enveloppe. Il a regardé l'adresse: Martine-Marie Auclair, 19 Cleveland Street. Il m'a allongé un coup de poing dans l'épaule:

— Ducon... Va te recoucher. Tu as une sale gueule, ce matin.

J'ai prétexté la migraine pour ne pas retourner à la plage l'après-midi. J'ai demandé à Valentin :

— Tu viens faire un tour sur la lande?

Valentin a mis son harnais, et maman a glissé Justine contre lui. Ils ont l'air triste, tous les deux. C'est absurde! Ils s'aiment, ça crève les yeux. Au bout de dix minutes de marche, j'ai attaqué:

— Et après, qu'est-ce que tu comptes faire?

— Ce que je compte faire? a répété Valentin.

— Tu vas retourner à Marne-la-Vallée avec «ta» fille?

— Ta mère ne sera pas d'accord.

Mais ce qu'il m'énerve, cette espèce de mâle dégénéré!

— Tu dis?

Hou... J'ai dû penser tout haut. Valentin me regarde interloqué.

— Qu'est-ce que tu te crois, hurle-t-il, pour me donner des leçons? Espèce de Tarzan des plages, tu es bien avancé!

Il sort son paquet de clopes fébrilement, mais cette fois, il ne m'en offre pas.

— De toute façon, tu ne peux pas comprendre, marmonne-t-il. Tu es trop jeune. Quand tu aimeras, on en reparlera.

— Ça, c'est le truc des vieux cons : tu comprendras quand tu seras grand.

— Il y a plus pénible qu'un vieux con! hurle Valentin. C'est un jeune crétin!

Le lendemain, huitième jour de nos délices bretonnes, j'avais vraiment la migraine.

— Tu ne vas plus te baigner? s'étonne maman.

— Non. Il y a trop de méduses sur la plage.

— Ah, tu les appelles comme ça? me dit Valentin, narquois.

Quelle andouille! Dans trois jours, nous repartons pour Montigny et nous ne serons pas plus avancés qu'au départ. Ces dix jours, Valentin les voulait pour que nous apprenions à nous connaître, à nous aimer. On aurait pu ressembler à une famille, une vraie, comme celles qui se dorent au soleil sur la plage, le papa, la maman et les deux enfants. Pourquoi est-ce que ça ne marche pas? Valentin aime ma mère. Maman aime Valentin. J'aime Valentin. Valentin m'aime. Justine... et voilà où ça coince. Justine n'aime personne. Que Valentin. C'est elle maintenant le chien du jardinier. C'est à cause d'elle que tout va rater.

Au matin du neuvième jour, j'ai couru pour rattraper Valentin qui s'éloignait sur la lande :

— Attends!

Il s'est retourné et m'a fait signe de baisser le son à cause de ma sœur, toute tassée au fond de la poche.

— Pas génial, ce porte-bébé, a remarqué mon oncle. On dirait que Justine est tombée au fond d'un puits.

— Valentin, tu peux m'écouter deux secondes?

Je veux garder ma sœur, ce soir. J'ai été baby-sitter dans mon jeune temps. Je me débrouillerai si elle pleure.

— Mais ta mère...

— Invite-la au restaurant.

Il hocha la tête :

— C'est ça, ton plan ?

Il se remit en marche, réfléchissant.

— Je te mettrai le biberon de nuit dans la Thermos, dit-il enfin.

Je ne sais pas si Valentin argumenta beaucoup pour convaincre maman. Mais elle accepta. A 20 heures, Valentin mit Justine dans le couffin qu'elle acceptait de réintégrer une fois le soir venu. Maman semblait inquiète.

— Bonne soirée, dis-je en les mettant dehors.

Justine dormait dans ma chambre. Vers 22 heures, je montai la rejoindre. Une demi-heure plus tard, Valentin et ma mère étaient de retour. Je ne pouvais distinguer s'ils plaisantaient ou s'ils s'engueulaient, s'ils étaient tristes ou bien contents. Je sortis dans le couloir pour attendre Valentin en haut de l'escalier. C'est alors qu'une porte se referma au rez-de-chaus-

sée. Puis plus rien. Je retournai dans ma
chambre et je m'étendis sur mon lit. Dans deux
semaines, je retrouverai Martine-Marie et je
l'aimerai. J'apprendrai à l'aimer... puisque je
suis trop jeune.

— Marsouin!

Sans prévenir, ma sœur venait de lancer sa
sirène d'alarme.

— Titine, fais pas ça! Tu te rappelles ce que je
t'ai promis quand tu étais chez les prémas? Que
tu aurais une vraie famille. Tu n'auras jamais de
papa si tu fais ça! Justine, je t'en supplie... Laisse
Valentin, hein? juste pour une nuit...

Je dévissai le bouchon de la Thermos, je sortis le biberon, j'attrapai ma sœur cramoisie et
mugissante.

— Justine, tu es affreuse quand tu pleures. Je te
jure, tu te verrais dans une glace tout de suite...

J'essayai de lui fourrer de force la tétine dans la
bouche. Elle s'étrangla dans un sanglot et repartit
de plus belle. Je savais que ma mère ne supporte-
rait pas longtemps de l'entendre pleurer. Mais je
n'allais quand même pas étouffer ma sœur sous
l'oreiller. Je me mis à marcher de long en large en

lui tapotant le dos, comme j'avais vu Valentin le faire, et sans y prendre garde, je me mis à chantonner : *«Il reste de cette mésaventure un peu de sel dans le thé, des ecchymoses, des courbatures...»* Les sanglots s'espacèrent, devinrent quelques hoquets. *«... Une envie de pleurer, une envie de pleurer.»* Justine me dévora des yeux avant de dévorer son biberon. La chanson de Valentin, c'est le mot de passe pour s'ouvrir le cœur de Justine. Il faudra que je le dise à maman. Une demi-heure plus tard, je reposai ma toute petite sœur au fond de son couffin.

Nous rentrons cet après-midi sur Montigny. J'ai beau regarder ma mère et Valentin, je ne vois rien. Rien de changé. Justine est de nouveau dans sa poche, en gestation sur le ventre de Valentin. Maman s'est acheté des mots croisés ce matin. Des mots croisés ! Ils vont me rendre dingue. Pas une allusion, pas un clin d'œil.

— Tu rassembles tes affaires, Emilien, me dit maman. Nous ne serons jamais prêts pour 14 heures.

— A table ! appelle Valentin.

C'est sans doute la dernière fois que je mange

correctement avant de renouer avec les raviolis de la maison.

— Une minute, dit maman.

De son sac de pelotes et d'aiguilles, elle sort une espèce de petit hamac en cordage. C'est ce qu'elle a tricoté ces jours-ci.

— Je voudrais le porte-bébé, dit-elle à Valentin.

Mon oncle, les sourcils haut levés en signe d'interrogation, enlève le porte-bébé en velours grenat. Alors, maman jette son filet autour du cou de Valentin et le lui passe en bandoulière. Puis elle installe Justine à l'intérieur. On dirait un minuscule petit matelot dans son hamac.

— Maintenant, je la vois, a dit maman, soulagée.

— Et je crois que... Oui, je peux m'asseoir, a constaté Valentin avec satisfaction. C'est génial, ce machin !

— Je vais le faire commercialiser par Martha, a ajouté ma mère.

Elle ne perd pas le nord, ma petite maman.

Après le repas, Valentin a posé la cafetière et les tasses sur la table. Je me sentais de plus en plus mélancolique. Dernier café, dernier rituel ensemble. De quoi demain serait-il fait ? Et soudain, j'ai sursauté. Ma mère venait de dire quelque chose à Valentin. Une chose incroyable, inédite dans les apothéoses finales de Barbara Cartland !

Elle venait de dire :

— Ton café, tu le bois aussi sans sucre, mon chéri ?

Valentin a rougi comme un collégien :

— Hein ? Oui, oui, sans sucre, s'il vous plaît, ma ch... je veux dire : Sylvie.

Impayable, ce type.

Nous sommes arrivés à Montigny à la nuit tombée, pour découvrir que la saisie avait été effectuée. Notre logement était presque vide.

— Un ban pour Macassard, me glissa mon oncle.

Le temps de reprendre mon chat chez mademoiselle Sainfoin, et nous sommes allés nous installer à Marne-la-Vallée chez Valentin. C'est quand tout va mal que tout va bien.